2 −

Lügen

D1673860

Das Buch

Be lügt immer. Be ist ein Miststück, findet Augusta, die Erzählerin in Elke Naters' zweitem Roman *Lügen*. Aber weil Be gleichzeitig ihre beste Freundin ist, und eine treue noch dazu, sieht sie ihr das nach. Be hat einen Mann, den besten, findet Augusta, die keinen hat, aber Be behandelt ihn schlecht und verläßt ihn, weil sie das einfache Glück nicht erträgt. Be hat schöne lange schwarze Haare, die sie abschneidet und blond färbt, um anschließend mit einer dunkelhaarigen Langhaarperücke herumzulaufen. Das sei subversiv, und jede Frau sollte einmal im Leben blond sein, sagt sie. Be nimmt nichts anderes wahr als sich selbst und natürlich Männer. Dann verliebt sich Be in eine Frau. Augusta stellt fest, »daß Be sich kein Stück verändert hat. Daß sie noch immer das gleiche Miststück ist, das sie schon immer war. Daß Be sich nie verändern wird, egal, was passiert. Ob sie es mit Männern oder Frauen, Hühnern oder Pferden treibt, völlig egal.« Augusta wird in den Strudel der Ereignisse hineingezogen, so wenig sie das will, und muß dabei feststellen, daß sie sich verliebt hat.

Was der *Spiegel* über Elke Naters' Debütroman schrieb – »bösartig zart, wunderbar eigen und unprätentiös« – gilt auch für den neuen Roman, in dem sie den genau und sehr komisch beobachteten alltäglichen Freuden und Leiden des Lebens wieder ganz neue Seiten abgewonnen hat.

Die Autorin

Elke Naters, 1963 geboren, ist in München aufgewachsen. Nach einer Damenschneiderlehre und einer zweijährigen Tätigkeit als Kostümbildnerin und Designerin absolvierte sie ein Studium der vergleichenden Literatur. Heute lebt sie als Autorin, Fotografin und freie Künstlerin in Berlin und Bangkok. Ihr Debütroman *Königinnen* war ein großer Erfolg. Elke Naters ist in mehreren Anthologien zu neuer deutscher Literatur vertreten und veröffentlicht neben Christian Kracht, Benjamin v. Stuckrad-Barre u.a. auch im Netz (www.ampool.de).

Elke Naters

Lügen

Roman

List Taschenbuch

Besuchen Sie uns im Internet:
www.list-taschenbuch.de

Umwelthinweis:
Dieses Buch wurde auf chlor- und säurefreiem Papier gedruckt.

List Taschenbücher erscheinen im Ullstein Taschenbuchverlag,
einem Unternehmen der Econ Ullstein List Verlag GmbH &
Co. KG, München
Oktober 2002
© 1999 für die deutsche Ausgabe by Verlag Kiepenheuer &
Witsch, Köln
© 1999 by Elke Naters
Umschlagkonzept: HildenDesign, München – Stefan Hilden
Umschlaggestaltung: Hauptmann und Kampa Werbeagentur,
CH – Zug unter Verwendung einer Fotografie von Gerrit Schreurs,
Rijswijk
© Museum Boijmans Van Beuningen, Rotterdam
Druck und Bindearbeiten: Clausen & Bosse, Leck
Printed in Germany
ISBN 3-548-60243-6

Für Louis

Inhalt

1

Lügen

Der Mond scheint mir ins Gesicht. Hell wie eine Lampe. Ich höre Geschrei und stehe auf und sehe unten auf der Straße Be stehen und herumschreien. Sie trägt einen gelben Mantel, den ich noch nie an ihr gesehen habe. Sie steht unter der Straßenlaterne, die sie beleuchtet wie ein Scheinwerfer und schreit und rennt wie irre hin und her. Das Wasser spritzt aus den Pfützen. Die Straße ist naß und spiegelt das Licht wider. Das Mondlicht und das der Straßenlaterne. Das sieht aus wie ein Film. Wie *Singing in the rain,* wo Fred Astaire durch die Pfützen tanzt. Sie ist alleine. Ich kann nicht verstehen, was sie schreit. Ich ziehe die Vorhänge zu und lege mich wieder ins Bett und schlafe weiter.

Am Morgen wache ich auf, und ich weiß nicht, ob ich das mit Be auf der Straße wirklich gesehen oder geträumt habe. Ich wähle ihre Nummer, um zu sehen, ob sie zu Hause ist. Wenn sie rangeht, lege ich auf.

Nach langem Klingeln geht Karl ans Telefon. Er klingt müde, und ich lege auf. Es ist neun Uhr morgens, und ich habe ein schlechtes Gewissen, weil ich ihn aufgeweckt habe. Vielleicht hat er die ganze Nacht mit Be gestritten. Vielleicht ist Be weg. Abgehauen. Wie damals. Als ihr Vater sie geschlagen hatte, ins Gesicht. Da kam sie in die Schule und sagte, ich geh nicht mehr nach Hause. Nie mehr. Fünfzehn waren wir da, glaube ich.

Wir standen auf dem Schulhof und überlegten, wo Be bleiben kann. Sie ist dann mit zu Rudi gegangen. Rudi hatte nur eine Mutter, und der war alles egal, was Rudi machte. Be blieb dort eine Woche lang. Ihre Eltern sind fast durchgedreht. Ihre Mutter saß einen ganzen Nachmittag lang heulend auf unserem Sofa, bis mein Vater sie nach Hause gefahren hat. Ich wußte nicht, was ich sagen sollte, weil sie so verzweifelt war. Ich habe dann gesagt, ich wüßte nur, daß es Be gutgeht. Mehr nicht. Alle haben auf mich eingeredet, ich sollte ihnen alles sagen, was ich wüßte. Be würde auch nicht bestraft werden. Im Gegenteil. Ihre Eltern wären überglücklich, wenn sie zurückkäme.

Ich fand nach drei Tagen, daß es genug war, und habe das zu Be gesagt. Wie verzweifelt ihre Eltern wären. Be hat nur gegrinst und gesagt, das täte ihnen ganz gut. Da wüßten die endlich, was sie an ihr hätten, und würden nicht mehr so mit ihr umspringen, und sie wüßte immer noch nicht, ob sie jemals zurückgehen würde in ihr asoziales Elternhaus. Be hat keine Geschwister. Be ist ein Einzelkind, und ihre Eltern haben sie immer verwöhnt. Das hatten sie davon.

Wir mußten uns absprechen und dicht halten und hatten wieder einmal den ganzen Ärger und die ganze Arbeit zu leisten, für Be.

Während Be sich von Rudi entjungfern ließ und danach noch hochnäsiger und unerträglicher war als vorher.

Viel später stellte sich heraus, daß Be das alles nur aus genau diesem Grund gemacht hatte. Es war nicht die Ohrfeige, sondern Rudi war der Grund, daß Be abgehauen war von zu Hause. Sie wollte sich wichtig tun vor ihm und wußte, daß seiner Mutter alles egal war, und hatte genau darauf gehofft, daß er sie mit zu sich nehmen würde.

Wir alle, außer Be, hatten Ärger bekommen wegen ihrem Wegbleiben. Die Eltern und auch die Lehrer nahmen natürlich zu Recht an, daß wir wußten, wo Be war, und weil wir sie einerseits beruhigen und andererseits dichthalten mußten, bekamen wir mächtig Ärger. Aber wir hielten durch. Für Be und für die Sache. Vor allem.

Nach einer Woche waren wir uns einig, daß Bes Eltern genug bestraft waren, und sagten Be, daß sie wieder zurückgehen sollte.

Be beschimpfte uns als Schlappschwänze und als Kinder, die nichts begriffen hätten, keine Ahnung hätten wir, worum es im Leben ginge. Weil sie sich auf uns nicht verlassen könne, ginge sie zurück, aber nur, um ihre Sachen zu holen und auszuziehen.

Be sprach darauf einige Tage nicht mehr mit uns. Stand mit wichtigem und ernstem Gesicht herum, und wenn sie jemand ansprach, schaute sie ihn mitleidig an. Be war ein anderer Mensch geworden. Erwachsen.

Das hat sie nicht lange durchgehalten, und ausgezogen ist sie natürlich auch nicht.

Dann kam sie mit der Geschichte von ihrer Entjungferung, und alle Mädchen wollten staunend alles von ihr wissen. Der Rudi hat so getan, als würde er Be nicht kennen, und Be hat so getan, als ob das ganz normal wäre. Darüber hat sie nie gesprochen. Auch später nicht.

Genaugenommen hat Be sich wenig verändert seitdem, und deshalb denke ich mir, daß sie einen Streit angefangen hat, einen sinnlosen, und Karl dermaßen provoziert, daß er sich zu etwas hat hinreißen lassen, das ihr einen Grund gab, ihre Sachen zu packen und abzuhauen und ihm, Karl, auch noch die Schuld dafür zu geben. Dazu ist Be in der Lage. Genau so könnte es gewesen sein.

Wenn es wirklich so gewesen ist, dann hätte sie die Kinder auch zurückgelassen, weil sie ja alleine auf der Straße stand und herumgeschrien hat, und außerdem war es spät. Für Kinder viel zu spät, und Be würde nie im Leben abhauen und ihre Kinder zurücklassen, und sie würde nie ihre Kinder mitten in der Nacht aus dem Bett reißen, um sie mitzunehmen, und sie würde auch nicht vor ihnen rumschreien und die Nerven verlieren. Soweit hat sie sich immer im Griff.

Be sollte froh sein, daß sie einen wie den Karl hat, aber sie jammert immer nur über Karl, daß er nicht kochen kann und daß sie keine gemeinsamen Themen haben, über die sie sich unterhalten können. Damit meint Be Themen wie Mode oder Männer. Darüber unterhalten wir uns nämlich und noch so Diverses, mehr Zwischenmenschliches, über Leute, die wir kennen, und gemeinsame Freunde.

Karl kann jedes Auto reparieren. Karl kann überhaupt alles reparieren. Außerdem interessiert sich Karl für Bes

Kinder und für Be. Warum soll der auch noch kochen können?

Karl kümmert sich um Be und um die Kinder, um die Wohnung und den Abwasch, er bringt sogar Geld nach Hause, obwohl er die meiste Zeit mit den Kindern verbringt. Da ist es doch das mindeste, wenn Be das Kochen übernimmt. Karl kümmert sich sogar um die Wäsche. Die Wahrheit ist, daß Be auch nicht kochen kann. Noch weniger als Karl. Sie versucht es nicht einmal, und das ist auch gut so.

Wenn Karl nicht wäre, würde Be in einem Müllhaufen wohnen, und die Kinder hätte die Fürsorge geholt und in ein Heim gesteckt. Das will sie bloß nicht wahrhaben.

Die denkt im Ernst, Karl würde ihr das Leben erschweren und sie in ihrer *Persönlichkeit behindern*. Was sie damit meint, ist, daß sie nicht jederzeit mit jedem ins Bett gehen kann.

Es ist nur so, daß Be, wenn sie jemanden wie den Karl hat, der sich um alles kümmert, dazu neigt, sich um gar nichts mehr zu kümmern.

Aber wenn Karl weg wäre, dann würde Be wieder alles tun, was sie jetzt nicht tut, weil Karl da ist und es macht, und was sie früher auch alles getan hat für ihre Kinder und nur für ihre Kinder, als es Karl noch nicht gab.

Wenn man das so sieht, dann scheint es, als wäre es ein bequemes Leben, und das Leben, das Be mit Karl hat, ist ein überaus bequemes, ihrer Entwicklung und Lebenshaltung nicht förderlich. Sogar im Gegenteil. Es hindert sie, ihre guten Eigenschaften zu entwickeln, und bestärkt sie darin, ihre schlechten Seiten auszuleben.

Das kann sie gar nicht anders. Da hat sie keine Wahl, das sucht sie sich nicht aus.

Weil sie jetzt aber auch nicht glücklich ist, nach etwas anderem sucht und in ihren schlechten Eigenschaften gefördert wird und ihre guten unterdrückt werden, liegt der Gedanke nahe, daß sie ihre Situation ändern muß und Karl verlassen, weil das nicht das richtige Leben für sie ist, so ein vollkommenes. Eher ein verkommenes.

Das heißt, Be muß Karl verlassen und sich wieder alleine um die Kinder und alles kümmern und sich so richtig anstrengen und fett leiden und sich aus dem Sumpf wieder hochstrampeln, bis sie soweit ist zu erkennen, was so ein Leben wert ist, das sie mit Karl hatte, und was sie an einem wie dem Karl hat.

Das wird sie dann irgendwann begreifen, und dann wird sie nach einem wie dem Karl suchen und wird ihn nicht finden. Dann wird es ihr wie mir gehen.

Den ganzen Tag höre ich nichts von Be oder von Karl. Nicht einmal die Kinder sind zu hören.

Ich koche einen Milchreis für die Kinder und bringe ihn hinunter.

Be wohnt unter mir. Früher habe ich in Bes Wohnung gewohnt, die kalt und dunkel ist, dann ist im dritten Stock eine Frau gestorben, und ich bin hinaufgezogen in die helle warme Wohnung und habe Be meine alte Wohnung gegeben.

Die war gerade wieder schwanger und hatte keine Wohnung, weil sie sich von dem Vater des Kindes, mit dem sie gerade schwanger war, getrennt und bei dem Vater des anderen Kindes, von dem sie bereits getrennt war, gewohnt hatte. Was nicht gut ging.

Damals war sie glücklich über diese Wohnung, und heute macht sie mir Vorwürfe, daß ich sie in ihrem Zustand mit dem Kind in die kalte dunkle Wohnung habe ziehen lassen und selber in die viel schönere, wärmere und hellere Wohnung gezogen bin, die eigentlich ihr zugestanden hätte, weil ich ja schon eine Wohnung hatte.

So was sagt die im Ernst. Dabei soll sie froh sein, daß sie in einer Parterrewohnung wohnt. Da muß sie die Kinder nicht die vielen Treppen hinaufschleppen und keine Angst haben, daß ihr ein Kind oder beide aus dem Fenster fallen. Was im dritten Stock, wo ich wohne, nicht unbedenklich ist.

Deshalb sind wir wahrscheinlich immer in meiner Wohnung, weil es da wärmer ist und heller und sowieso schöner. Be bringt auch nie die Kinder mit, wenn sie mich besucht. Die läßt sie immer unten bei Karl.

Weil sie immer kommt, wenn sie genug hat von den Kindern und von Karl.

Es macht keiner auf. Ich glaube, leise Stimmen hinter der Tür zu hören. Aber ich bin mir nicht sicher.

Früher hat Be oft die Tür nicht aufgemacht, obwohl sie zu Hause war. Das haben wir auch zusammen gemacht. Wenn Britta mich besuchen kam. Ich hatte nichts gegen

Britta. Ich mochte sie auch nicht besonders, aber sie tat mir leid. Weil sie eine durchgedrehte Mutter hatte. Deshalb war Britta auch nicht ganz normal.

Manchmal lief sie wochenlang in denselben Kleidern rum. Die rochen dann schon, und keiner wollte ihr zu nahe kommen. Mir tat das leid. Deshalb habe ich nie etwas gesagt. Be war da knallhart. *Hau ab, du stinkst,* sagte sie, wenn Britta in ihre Nähe kam, und: *geh nach Hause und wasch dich und zieh dir was Sauberes an, bevor du mich ansprichst.*

Das ist ziemlich gemein, aber Britta hat immer so getan, als hätte sie das gar nicht gehört. Die hatte eine Haut wie ein Elefant. So dick und so schmutzig.

Wenn Britta mich besuchen kam, wenn Be bei mir war, schauten wir durch das Badezimmerfenster auf sie hinunter, wie sie vor der Tür stand und wartete und dann die Straße hinunterschlich. Einmal hat Be ihr sogar auf den Kopf gespuckt.

Britta ging immer ganz langsam. Ich habe die nie rennen sehen oder wenigstens schnell gehen. Dabei schaute sie immer auf den Boden, und die Schultern hatte sie bis zu den Ohren hochgezogen. Deshalb konnte sie uns auch nie sehen, wie wir oben aus dem Badezimmerfenster heraushingen und Be ihr auf den Kopf spuckte. Britta sah nie nach oben. Die machte nie eine Bewegung zuviel, und sie schaute immer auf den Boden, auch wenn sie mit einem sprach.

Die konnte einem wirklich leid tun. Aber Be hatte kein Mitleid. Nicht mit Britta. Be hatte mit anderen Dingen Mitleid, die ich nicht verstehe.

Be sagt immer, Menschen, die nichts aus sich und ihrem Leben machen, verdienen kein Mitleid. Damit würde man ihnen nicht helfen. Im Gegenteil. Solchen Menschen gehöre ordentlich in den Arsch getreten, damit der Leidensdruck groß genug wird, daß sie endlich etwas ändern. Daß sie so sind, wie sie sind, so erbärmlich und jämmerlich oder was auch immer, hängt nur damit zusammen, daß ihr Leidensdruck noch nicht groß genug ist. Solange einer zwei Arme hat und zwei Beine und alles, was man sonst zum Leben braucht, kann er was aus seinem Leben machen.

Das sind ekelhaft reaktionäre Sprüche, aber Be glaubt im Ernst daran, und ich glaube, sie glaubt deshalb daran, weil sie nur was aus ihrem Leben macht, wenn der Leidensdruck groß genug ist.

Darauf ist sie stolz. Wenn es ihr richtig dreckig geht, dann glänzt die nur so vor Stolz, was sie alles aushält.

Einmal hat Be auch mir nicht die Tür aufgemacht. Da bin ich mir ganz sicher. Auch wenn sie es bis heute abstreitet. Da stand nämlich Jos Fahrrad vor ihrer Tür. Jo hieß Johannes und war in mich verliebt und ich in ihn, weiter waren wir noch nicht gekommen. Mir ist damals ganz schwach geworden, als ich sein Fahrrad vor Bes Haus stehen sah. Richtig weiche Knie habe ich bekommen. Erst wollte ich wieder umdrehen, aber dann dachte ich, daß das falsch und feige wäre. Ich wollte wissen, was los war, und Be zur Rede stellen. Deshalb klingelte ich, und keiner machte auf. Im Garten hörte ich Stimmen und Wasserspritzen. Ich war mir sicher, daß jemand zu Hause war, deshalb klingelte ich lange und immer wieder. Dabei sah ich hinauf, ob Be sich hinter einem der Fenster versteckte. Dann wurde es ganz leise.

Nichts war mehr zu hören, und nach einiger Zeit kam Bes Mutter und sagte, Be sei nicht zu Hause. Ich hatte nach der ganzen Klingelei keinen Mut und keine Kraft mehr, ihr zu sagen, daß sie mich nicht für blöde verkaufen kann. Das Fahrrad und die Stimmen, und ich bin nach Hause gegangen. Ich wollte auch gar nicht mehr wissen, ob Jo bei Be war und was die da machten. Aus Jo und mir ist dann auch nichts geworden, aber das lag nicht an Be.

Be hatte ein schlechtes Gewissen. Das habe ich gemerkt. Deshalb habe ich sie nicht darauf angesprochen. Ich wollte das nicht mehr wissen. Erst viel später habe ich sie danach gefragt, und da konnte sie sich sofort daran erinnern. Obwohl das Jahre zurücklag, wußte sie sofort, worum es ging. Das spricht dafür, daß sie damals zu Hause war mit Jo und mich nicht hereingelassen hat. Wenn sie nicht dagewesen wäre, könnte sie gar nicht wissen, wovon ich spreche. Sie hat es trotzdem immer abgestritten und wird ihre guten Gründe dafür haben. Ich habe ihr diese Lügerei nie verziehen.

Das fällt mir alles wieder ein, als ich mit dem Milchreis vor der verschlossenen Tür stehe. Ich gehe wieder hinauf und esse vor lauter Wut auf Be den ganzen Milchreis auf.

Be lügt eigentlich fast immer. Aber nicht so, wie andere Leute lügen. Be hat eine andere Auffassung von der

Wahrheit. Ihre Realität ist eine andere. Be dreht sich die Welt solange im Kopf herum, bis sie ihr paßt. Bis sie hineinpaßt in ihren Kopf. Deshalb kann man auch nicht von Lügen sprechen. Be glaubt an alles, was sie sagt. Was für uns eine offensichtliche Lüge ist, ist für Be die Wahrheit.

Wie damals, als Be mit Margot verkracht war. Margot war meine beste Freundin, neben Be. Be konnte Margot nie besonders leiden, ich glaube auch, weil sie eifersüchtig war auf Margot. Dann waren sie auf einmal richtig verstritten, und Be sagte, Margot hätte ihr Unrecht getan und Peter, in den Be damals verliebt war, gemeine Lügen über Be erzählt, und der würde sie jetzt nicht einmal mit dem Arsch anschauen.

Weil das gemein und niederträchtig ist, habe ich darauf nicht mehr mit Margot gesprochen und mich nicht mehr mit ihr verabredet. Ich mußte deshalb jeden Tag den langen langweiligen Schulweg alleine laufen. Hinter Margot her oder vor ihr weg. Margot wohnte nämlich nur zwei Häuser weiter, weshalb wir immer zusammen in die Schule liefen und auch sonst viel zusammen machten. Be wohnte ganz woanders. Deshalb sahen wir uns selten, meistens nur in der Schule, und nach der Schule war mir langweilig, weil ich Margot nicht sehen konnte.

Das habe ich alles für Be getan. Und dann habe ich sie getroffen. An einem Sonntag im Café. Saßen Be mit ihrem Vater und Margot und haben Eis gegessen und herumgealbert. Ich bin vor Schreck fast tot umgefallen. Das habe ich nicht glauben können. Ich habe ein halbes Jahr nicht mehr mit Be gesprochen und bin wieder mit

Margot in die Schule gelaufen und zurück, und nachmittags kam sie zu mir oder ich zu ihr.

Margot war mir nicht mehr böse. Be hatte gelogen. Es war so, daß Peter tatsächlich nichts von Be wissen wollte, weil er sie noch nie gemocht hatte, und Be hatte ihn mit Margot herumstehen sehen, und da hatte sie sich das ausgedacht. Sie hatte selber daran geglaubt und es mir erzählt und bald wieder vergessen, weil sie sich inzwischen in Ralf verliebt hatte. Margots Bruder, der war zwei Jahre älter und trug echte Jeans.

Be hatte sich damals nichts dabei gedacht, als sie mir das über Margot erzählt hatte. Das weiß ich inzwischen, weil ich sie kenne, und Be wäre viel zu dumm und zu faul zum Denken für solche Intrigen.

Manchmal erzählt sie auch vorsätzlich die Unwahrheit. So wie mit Jo. Aber das macht sie selten, und man merkt sofort, daß sie lügt. Weil das so offensichtlich ist, sage ich auch selten etwas, wenn Be lügt. Richtig lügt, weil ich weiß, wie unangenehm ihr das ist, die Unwahrheit zu sagen.

Obwohl das, was Be erzählt, selten der Realität entspricht, ist sie ein durch und durch ehrlicher und wahrheitsliebender Mensch. So widersprüchlich das klingt.

Diese Geschichte mit Margot und Peter. Das war keine Lüge. Be hat gesehen, wie Margot mit Peter herumstand, und vielleicht hat sie ihm etwas ins Ohr geflüstert, oder sie haben gelacht und in Bes Richtung geschaut. Das ist, was tatsächlich stattgefunden hat. Be hat das dann in ihrem Kopf rumgedreht, und was dabei herauskam, war, daß Margot Peter Gemeinheiten über Be erzählt und das der Grund ist, daß Peter nichts von Be wissen will. Das war für Be genauso real wie das, was sie gesehen hat. Nie im Leben wäre sie darauf gekommen, daß sie eine Lüge erzählt.

Be belügt sich also ständig selber. Weil Be ausschließlich mit sich beschäftigt ist, käme es ihr gar nicht in den Sinn, andere zu belügen, weil ihre Wahrnehmung gar nicht so weit reicht.

Das ist keine Entschuldigung, sondern nur eine Erklärung, die zeigen soll, daß bei Be die Dinge anders liegen, als sie den Anschein haben.

Am Abend ist immer noch nichts zu hören. Ich rufe ein paar Mal an, aber keiner geht ans Telefon.

Spät nachts höre ich laute Schritte und Kinderstimmen im Treppenhaus. Ich liege schon im Bett und kann nicht schlafen, weil mir soviel im Kopf herumgeht. Nicht nur Be, darüber möchte ich nicht mehr nachdenken. Diesmal mache ich mir zur Abwechslung einmal Gedanken über mein eigenes Leben.

Wenn ich mir mein Leben so anschaue, bin ich sogar recht zufrieden mit mir. Ich habe es soweit im Griff. Es fällt mir nicht ständig aus der Hand. Wie Be.

Ich will aufstehen und nachsehen, ob Be zurück ist mit den Kindern, aber dann sage ich mir, daß mir das jetzt endgültig egal sein soll. Dann nehme ich mir noch ein paar Dinge vor für die Zukunft und schlafe ein.

Ich habe einen gräßlichen Traum, in dem ich mit einer fetten fiesen Lesbe auf einer Schaukel Sex habe. Ich habe mich dazu überreden lassen und bin so entsetzt über mich selber, daß ich aufwache und saufroh bin, nur geträumt zu haben.

Es ist ganz leise im Haus und auf der Straße. Das ist ungewöhnlich, weil sonst immer, zu jeder Tages- und Nachtzeit, Autos fahren. Ich liege lange still im Bett, und es ist wirklich kein Laut zu hören. Nicht einmal das Ticken einer Uhr oder ein tropfender Wasserhahn oder ein gurgelndes Heizungsrohr oder sonst was, das man eigentlich immer hört. Da ist nichts. Es ist vieruhrfünfunddreißig. Um vieruhrachtundvierzig fährt endlich ein Auto vorbei, und dann ist es wieder still.

Ich liege in meinem Bett. Eine Gruft. Lebendig begraben, denke ich mir. Es kommt mir so unwirklich vor. Wie ein Traum. Ob das der Traum ist, und das, von dem ich glaubte, daß es der Traum war, ist wahr. Die fette Lesbe.

Ich hatte mich nur deshalb überreden lassen, weil ich nichts gegen Sex mit Frauen habe. Um das zu beweisen, habe ich es mit der fetten Lesbe getan.

Ich stehe auf und rufe Be an. Weil ich auf einmal das Gefühl habe, der einzige Mensch auf der Welt zu sein. Es geht niemand ans Telefon.

Ich mache alle Lichter an und das Radio. Mit einem Buch lege ich mich ins Bett und lese, obwohl ich das gar nicht kann, weil ständig das Radio spricht und ich mich nicht auf das Geschriebene konzentrieren kann. Auch nicht auf das Radio. In meinem Kopf geht alles durcheinander. Irgendwann muß ich dann eingeschlafen sein.

Ich wache auf, und das Radio plärrt, und alle Lichter brennen. Vor dem Haus steht die Müllabfuhr und macht einen Höllenlärm. Davon bin ich aufgewacht. Ich bin der Müllabfuhr dankbar, daß sie da ist und so einen Krach macht. Lieber ein Leben in ständigem Lärm und Krach als ein Leben in ewiger Stille, denke ich.

Ich stehe auf, obwohl es noch nicht einmal sieben ist. Ich ziehe mich an und gehe hinaus auf die Straße. Kaufe Milch und Semmeln und eine Zeitung. Alles ist so wie immer. Nichts hat sich verändert. Der Himmel ist blau. Die Sonne ist noch nicht über den Häusern, aber es verspricht, ein glänzender Tag zu werden.

Obwohl sich nichts verändert hat, fühle ich mich anders. So, als hätte ich etwas hinter mir gelassen und würde neu beginnen. So ähnlich, als wäre ich umgezogen. Nicht nur in eine neue Wohnung, sondern richtig, in eine neue Stadt, sogar in ein anderes Land. Mich durchströmt eine Euphorie, die ich nur kenne, wenn ich verliebt bin oder etwas ganz Besonderes passiert. Ich schiebe diese Euphorie auf das Wetter. Den blauen Himmel nach der grausigen Nacht.

Beim Hinaufgehen bleibe ich vor Bes Haustür stehen und lausche, aber es ist nichts zu hören. Ich mache mir langsam wirklich Sorgen und klingle, aber es bleibt still, und keiner öffnet.

Am späten Nachmittag sehe ich Karl auf der Straße. Weil ich nichts mit mir anzufangen weiß, stehe ich am Fenster und schaue auf die Straße. Das mache ich manchmal so. Die Sonne ist schon hinter den Häusern verschwunden, aber es ist noch mild, das sehe ich daran, daß die Leute mit offenen Mänteln herumlaufen. Manche haben nicht einmal eine Jacke an und einer sogar nur ein T-Shirt. Wäre es Sommer, würden die Leute dicke Jacken tragen, aber weil es Herbst ist und für diese Jahreszeit ungewöhnlich mild, sind die Menschen leicht bekleidet, als wäre es Sommer oder zumindest Frühling. Wenn es in der kalten Jahreszeit diese plötzlichen warmen Tage gibt, drehen alle durch.

Ich sehe Karl aus dem Zeitungsladen herauskommen, auf der anderen Straßenseite. Er trägt eine dicke Jacke und eine Wollmütze. Er liest in einer Zeitung und bleibt stehen, um weiterzulesen. Mitten auf der Straße, als würde etwas besonders Wichtiges darin stehen. Ich bin erleichtert, ihn zu sehen.

Daß Karl da drüben auf der Straße steht und in der Zeitung liest, hat so etwas beruhigend Reales. Besonders, weil er in der Zeitung liest.

Ich mache das Fenster auf und lehne mich hinaus, um ihn zu rufen. In dem Moment fährt ein Laster vorbei und hält vor dem Zeitungsladen, direkt da, wo Karl steht. Ich kann Karl nicht mehr sehen. Ich rufe ihn, aber er kann mich logisch auch nicht sehen. Irgendwann fährt der Laster wieder weiter, und Karl ist weg.

Ich gehe hinunter auf die Straße, da merke ich, daß ich Hausschuhe anhabe, also gehe ich wieder hoch, um mich anzuziehen.

Dann kaufe ich mir eine Zeitung und suche die Straße ab, ob ich Karl doch noch finde, aber der ist weg. Oben lese ich die ganze Zeitung durch, um herauszufinden, was Karl daran so interessiert haben könnte. Obwohl das völliger Quatsch ist, hoffe ich, daß da in der Zeitung etwas drinstehen könnte über Be und die Kinder. Ich lese sogar die Todesanzeigen durch. Ich lese die Stellenangebote, die Wohnungsanzeigen, alles, weil ich hoffe, endlich etwas erfahren zu können. Vielleicht sucht Karl eine Wohnung. Vielleicht ist Be solange ausgezogen, bis er eine neue Wohnung gefunden hat.

Obwohl im Fernsehen nichts kommt und ich auch nichts lesen kann, weil mein Kopf so voll ist und ich auch müde bin, schiebe ich das Schlafengehen hinaus. Ich will nicht wieder so eine Nacht erleben. Ich lasse das Licht an und schaue auf ein Buch, bis ich einschlafe. Aber ich schlafe nicht ein. Auf einmal bin ich wieder hellwach. Ich gehe in der Wohnung umher. Taue meinen Kühlschrank ab. Mache noch haufenweise anderes nützliches Zeug, bis die Nacht endlich vorbei ist, und als es dämmert, lege ich mich ins Bett und schlafe. Fest und traumlos in den Tag hinein.

Ich wache auf, da wird es schon wieder dunkel. Zu spät, um Be zu suchen.

Karl macht mir die Tür auf. Er sagt, Be ist mit den Kindern aufs Land gefahren. Zu einer Freundin. Er wundert sich, daß sie mir das nicht gesagt hat. Ich frage, ob sonst alles in Ordnung ist, ich hätte ihn gestern auf der Straße gesehen, Zeitung lesen. Er sagt, alles sei bestens, er müsse sich eine Arbeit suchen. Die Zeit nutzen, solange Be mit den Kindern weg ist. Um Geld zu verdienen, damit sie im Winter gemeinsam verreisen können. Irgendwohin, wo es warm ist.

Ich sage ihm, daß ich mir Sorgen gemacht habe. Er lacht mich aus, und ich komme mir noch blöder vor. Ich erzähle ihm, was ich nachts gesehen habe. Be auf der Straße, schreiend. Karl sagt, da wäre nichts gewesen, das muß ich geträumt haben.

Das glaube ich langsam selber, aber es fällt mir schwer. So deutlich steht das vor meinen Augen. Be in dem gelben Mantel und das Licht in den Pfützen.

Be ist wieder zurück. Ich frage sie, was in der Nacht los war, als sie schreiend durch die Pfützen lief. Wie Fred Astaire in *Singing in the rain*. Ich sage, daß ich mir Sorgen um sie gemacht habe.

Be sagt, ich sehe so aus, als ob ich Ruhe und Schlaf bräuchte. Ich würde ihr einen überspannten Eindruck machen. Karl hätte schon so was angedeutet. Ich sollte aufs Land fahren. Sie hätte sich wunderbar erholt in der Ruhe dort draußen und der frischen Luft. Lange Spaziergänge und früh schlafen. Das würde mir auch guttun.

Und außerdem war das Gene Kelly, der in *Singing in the rain* durch die Pfützen tanzt.

Ich bin so wütend, daß ich platzen könnte. Mir bleibt sogar die Luft weg vor lauter Wut. Ich schmeiße die Tür zu und gehe nach oben, lege mich auf mein Bett. Ich kann nicht mehr klar denken. Finde keine Worte in meinem Kopf, um diesen Irrsinn zu beschreiben.

Ich gehe nicht mehr zu Be. Sie kommt auch nicht zu mir. Wir telefonieren nicht einmal mehr.

2

Wurst

Weil mir nach Menschen zumute ist, gehe ich zu Be hinunter. Sie ist nicht da, das hätte ich mir denken können.

Ich setze mich zu Karl in die Küche, und er macht mir einen Kaffee. Ich wundere mich, wie lange ich nicht mehr hier unten war, weil nichts mehr so aussieht wie früher. Karl hat die Küche umgebaut. Auch der Rest der Wohnung ist richtig gemütlich. Aus dem dunklen kalten Loch ist eine richtig gemütliche Wohnung geworden. Das habe ich nie hinbekommen, damals, obwohl ich alles versucht habe. Jetzt gefällt es mir hier besser als bei mir oben.

Karl muß los, zur Arbeit, wir sprechen kaum, weil er so in Eile ist. Das ist schade. Ich würde gerne noch eine Weile mit ihm herumsitzen in der gemütlichen Küche. Aber Karl ist wenig gesprächig. Der läßt einen erzählen, und wenn man etwas wissen will, muß man ihm alles aus der Nase ziehen. Gespräche mit Karl sind mühsam. Aber ich sitze gerne neben ihm, ohne etwas zu sagen. Mit Karl kann man schweigen, ohne daß das unangenehm ist. Ich kenne niemanden sonst, mit dem das geht.

Karl sitzt da und rührt in seinem Kaffee. Er schweigt wie immer, und weil mir sonst auch nichts einfällt, was es zu reden gäbe, frage ich nur nach Be und den Kindern. Es geht ihnen gut. Be ist beim Tanzen und die Kinder im Kindergarten, und dann schweigen wir.

Ab und zu lächelt Karl mich an, und wahrscheinlich liegt es an seinem Lächeln, daß man sich nie unbequem fühlt, wenn man nicht spricht. Das ist so ein nettes offenes Lächeln, das sagt, wir verstehen uns, deshalb müssen wir nicht viel reden.

Karl lächelt mich wieder an und sagt, ich muß los, und ich gehe wieder in meine Wohnung hinauf. Kurz denke ich, daß er das nur sagt, daß er arbeiten muß, um mich loszuwerden, aber das würde er nie machen.

Weil ich nichts zu tun habe, stelle ich mich ans Fenster, um zu sehen, wie er aus dem Haus kommt. Ich stehe so eine ganze Weile, aber kein Karl kommt. Dann muß ich ganz dringend pinkeln. Wie damals, als kleines Mädchen, als ich mich versteckt habe.

Ich hatte mich hinter den Mülltonnen versteckt, eine Ewigkeit, und keiner hat mich gefunden. Dabei mußte ich ganz dringend pinkeln, und weil ich mein Versteck nicht aufgeben wollte und mich nicht getraut habe, in das Müllhäuschen zu pinkeln, aus Angst, sie könnten mich finden und dabei entdecken, daß ich ins Müllhäuschen gepinkelt habe oder, noch schlimmer, gerade dabei bin, ins Müllhäuschen zu pinkeln, habe ich in die Hosen gepinkelt. Als ich irgendwann aus meinem Versteck herauskam, hatten die anderen schon lange etwas anderes gespielt. Sie hatten mich nicht vermißt. Es war ihnen nicht einmal aufgefallen, daß ich nicht mehr da war.

Ich steige von einem Fuß auf den anderen, und dann gehe ich aufs Klo. Dabei muß ich ihn verpaßt haben.

Weil ich noch nicht gefrühstückt habe, gehe ich zu Edeka und kaufe Serranoschinken und ein Stück Old Amsterdam. Dazu einen Bund Ruccolasalat und zwei Laugensemmeln.

Das ist ein großer Vorteil am Alleinleben. Man muß sich das Frühstück nicht vom Anblick billiger Sahnejoghurts oder dem Geruch von Salami verderben lassen. Man muß niemandem zusehen, wie er eine Semmel mit Margarine und Erdbeermarmelade ißt. Der Kühlschrank steht nicht voll mit Fantaflaschen, Nutelladosen, Dany plus Sahne, Margarine und Erdbeermarmeladen, durch die man sich erst einmal durchwühlen muß, um den Serranoschinken oder die Hagebuttenmarmelade zu finden oder, am schlimmsten, nicht zu finden, weil sie jemand nachts aufgefressen hat, oder, noch schlimmer, eine einzige Scheibe zu finden, die vertrocknet auf der Folie klebt. Das ist das Schlimmste. Habe ich alles schon erlebt.

Es braucht Jahre, bis man einen gemeinsamen Kühlschrank aufgebaut hat. Mit manchen geht das nie. Weil es den meisten egal ist, was sie essen. Weil für sie Wurst Wurst ist und Käse Käse und Marmelade Marmelade.

Be ist so. Die frißt einem den guten Serranoschinken weg und kauft dafür Kochschinken. Drei Scheiben, hundert Gramm. Das ist für sie dasselbe. Das macht sie nicht einmal aus Sparsamkeit, weil sie mit dem Kochschinken billiger wegkommt. Be schaut nie aufs Geld. Die würde sich auch nicht wundern, wenn man ihr für den Kochschinken, hundert Gramm, drei Scheiben, fünfzehn Mark abnimmt. Die würde sich nur am Abend wundern, wo das Geld hingeht.

Be ist weder geizig noch sparsam, nicht einmal großzügig, weil sie kein Verhältnis zum Geld hat. Sie ist auch nicht verschwenderisch. Be kann mit Geld einfach nichts anfangen. Be weiß, wenn man etwas haben will, dann muß man das bezahlen, und das tut sie. Es liegt ihr völlig fern, daß es so etwas wie ein Preis-Leistungs-Verhältnis gibt oder Wucher oder Sonderangebote. Be zahlt jeden Preis, den man von ihr verlangt. Solange sie Geld hat, versteht sich. Be denkt, das mit den Preisen sei eine höhere Macht, der sie sich fügen muß.

Deshalb hat Karl auch das Einkaufen übernommen. Manchmal weiß sogar ich nicht, ob sie tatsächlich so dumm und naiv ist, oder ob sie besonders ausgekocht ist und nur so tut, damit man ihr die Dinge abnimmt. Wie einer, der beim Abtrocknen jedesmal einen Teller fallen läßt, bis man ihn nicht mehr abtrocknen läßt.

Ich denke, Be liegt irgendwo dazwischen. Daß es so ist wie mit den meisten Dingen bei ihr, nämlich, daß sie das unbewußt beabsichtigt.

Ich kenne Be besser als sie sich, weil ich ja logisch mehr Abstand zu ihrem Leben habe, und mit mehr Abstand kann man alles besser beurteilen, wie man weiß.

Vielleicht kennt Be mich besser als ich mich, aber das bezweifle ich, weil, auch wenn sie mich lange genug kennt und den nötigen Abstand zu meinem Leben hat, nimmt Be trotzdem nichts anderes wahr als sich selbst.

Wenn jemand Be etwas über mich fragen würde, dann wäre das, was ihr über mich einfallen würde, wie ich heiße, wo ich wohne und meine Haarfarbe, obwohl ich mir da schon nicht mehr sicher bin.

Be hat lange dunkelbraune Haare. Die glänzen immer, obwohl sie nichts groß damit anstellt, und sind ganz gerade und schwer und glatt. Wie bei einer Squaw.

Das heißt, Be *hatte* lange dunkelbraune Haare. Bis sie die Haare abgeschnitten und BLOND gefärbt hat.

Dazu hat sie gesagt, die kurzen Haare würden mehr ihrem derzeitigen Lebensgefühl entsprechen, und irgendwer hätte gesagt, das hätte sie gelesen, jede Frau sollte einmal in ihrem Leben blond sein, das hätte sie einen klugen Satz gefunden, und sie, die ihr Leben lang lange dunkle Haare hatte, wäre damit ein anderer Mensch, schon weil die anderen ganz anders auf sie reagierten, seitdem sie ihr Haar verändert hat, und das wäre *eine unglaubliche Erfahrung.*

Be hatte sogar überlegt, weil das so *eine unglaubliche Erfahrung* war, das Tanzen aufzugeben und Künstlerin zu werden. Dabei wollte sie nur mit sich, ihrem Auftreten und ihrer Erscheinung arbeiten, sich ständig verändern und damit die Umwelt irritieren und das festgefahrene Bild, das die Umwelt von ihr als Frau und als Mensch hat, in Frage stellen. Besonders das Bild, das man von ihr als Frau hat.

Be, die sich nie um so was gekümmert hatte, entwikkelt, seitdem sie kurzhaarig ist, eine feministische Ader. Sie liest haufenweise Bücher über Feminismus und *gender* und spricht vom *Postfeminismus* und daß es nicht mehr darum geht, gegen die Weiblichkeit und die Unterdrückung der Frauen anzukämpfen. Vielmehr ginge es heute darum, um den Unterschied der Geschlechter zu wissen und dieses Wissen gezielt einzusetzen und als Waffe zu gebrauchen, und deshalb will Be ihren Körper als Waffe einsetzen.

So wie Madonna oder Cindy Sherman, sagt sie. Wobei ich nicht ganz verstehe, was Bes Haare mit Madonna zu tun haben sollen.

Das sage ich zu Be. Da verdreht die nur die Augen und sagt, ich hätte gar nichts kapiert, und gibt mir einen Stapel Bücher zum Lesen.

Obwohl ihr Leben nicht anders aussieht als vorher, behauptet Be trotzdem, eine Künstlerin zu sein, weil das in erster Linie eine Haltung sei, und Kunst und Leben seien nicht zu trennen.

Das sieht bei ihr so aus, daß sie sich ständig neue Kleider kauft und ihren Stil wechselt.

Sogar eine Perücke hat sie sich gekauft mit langen glatten dunklen Haaren, was wieder zeigt, wie dermaßen bescheuert Be sein kann, sich erst die schönen Haare abzuschneiden, um danach mit einer Perücke herumzulaufen, die so aussieht wie die Haare, die sie sich hat abschneiden lassen.

Be sagt, das würde wieder zeigen, daß ich rein gar nichts kapiert hätte, weil das dermaßen subversiv wäre, richtig genial, das würden alle sagen, die im Gegensatz zu mir wüßten, worum es geht.

Weil Be meine beste Freundin ist und weil ich nicht

glauben mag, daß sie inzwischen völlig verblödet ist, habe ich die Bücher gelesen, die sie mir geliehen hat.

Aber Be verstehe ich trotzdem nicht, und das liegt wahrscheinlich daran, daß Be selbst nicht richtig verstanden hat, was in den Büchern steht, weil das ziemlich kompliziert und theoretisch ist, und Be hat ja nicht einmal Abitur.

Als ich nämlich neulich eine Diskussion anfangen wollte, um herauszufinden, ob sie tatsächlich alles gelesen und auch verstanden hat und auch, weil mich das Thema interessiert, hat sie abgewunken und gesagt, das wäre wieder typisch für mich, daß ich in der Theorie hängen bleibe, man muß etwas daraus machen, es auf sein Leben anwenden, aber ich wäre ja noch nie weiter gekommen.

Darauf habe ich nicht mehr mit Be gesprochen. Es ist völlig sinnlos, sich mit Be unterhalten zu wollen. Es ist unmöglich.

Dumm zu sein ist eine Sache, dafür kann man nichts, aber aus Dummheit jemanden zu beleidigen, das geht zu weit. Da wird die Dummheit zur Waffe.

Zum Mittagessen gehe ich hinaus.

Manchmal bleibe ich auch zu Hause und koche mir etwas, aber das ist eher selten. Jeder weiß, wie traurig das ist, für sich alleine etwas zu kochen und es dann alleine zu essen. Das heißt, das muß nicht so sein.

Bes Großvater zum Beispiel, der hat jeden Tag für sich gekocht. Richtig gekocht. Raffinierte Gerichte mit mindestens drei Gängen. Jeden Tag hat er etwas Neues ausprobiert. Das war seine größte Freude. Und das hat er dann auch immer alleine und sehr genüßlich aufgegessen. Er hat immer alleine gegessen. Nie jemanden eingeladen. Nicht einmal Be oder jemanden aus der Familie. Er hat gesagt, er kann es nicht ertragen, mit anderen Menschen an einem Tisch zu sitzen und zu essen. Das hätte er sein ganzes Leben lang ertragen müssen, als er noch eine Familie hatte. Eine Frau und Kinder. Die Frau ist dann gestorben. Die Kinder hat er natürlich immer noch, aber die sind erwachsen und haben eine eigene Familie, mit der sie am Tisch sitzen und essen. Für den Großvater ist es das größte Glück, alleine an seinem Tisch zu sitzen und zu essen. Keine lauten schmatzenden Kinder, niemand, mit dem man sprechen muß während des Essens. Keine Ablenkung vom Essen. Er hat immer feierlich den Tisch gedeckt und Kerzen angezündet, und so hat er die Tage rumgebracht. Mit Einkaufen, kochen und essen. Damit war er zufrieden wie selten einer mit seinem Leben.

Ich gehe lieber hinaus zum Essen. Wenn ich den ganzen Tag in der Wohnung sitze, muß ich wenigstens zum Essen unter Leute. Mir geht es da genau umgekehrt wie Bes Großvater. Mir schmeckt es am besten in Gesellschaft.

Das stimmt so auch nicht. Ich meine, ich esse gerne mit Freunden an einem Tisch, oder ich esse alleine an einem Tisch, mit anderen Leuten, fremden Leuten, die an anderen Tischen sitzen und auch essen und denen ich beim Essen zuschauen kann, während ich esse.

Was dagegen gar nicht geht, ist, mit Menschen an einem Tisch zu sitzen und zu essen, die man nicht mag. Das ist mir unmöglich. Das schnürt mir dermaßen den Magen zu, daß ich keinen Bissen hinunterbringe. Wenn ich mir trotzdem etwas hineinzwinge, dann kommt es gleich wieder heraus. Außerdem bekomme ich Schweißausbrüche und fange an zu zittern. Da kann ich noch so hungrig sein, halb verhungert, sogar kurz vor dem Hungertod. Ich kann nichts essen. Geht nicht. Unmöglich. Ich muß dann aufstehen und das Lokal verlassen oder den Raum. Das ist ziemlich peinlich während eines offiziellen Essens – weil diese Essen sind meistens offizielle Essen, sonst gibt es keinen Grund, mit Menschen an einem Tisch zu sitzen, die man nicht mag, außer aus offiziellen Anlässen, ich spreche dabei in erster Linie von Familienfeiern oder Hochzeiten oder ähnlichem –, aufzustehen und bleich und tropfnaß den Raum zu verlassen.

Deshalb vermeide ich solche Anlässe, wenn es geht. Nicht einmal zur Hochzeit meiner Schwester bin ich aus diesem Grund gegangen. Das habe ich natürlich so nicht begründet, daß ich leider nicht zu ihrer Hochzeit kommen kann, weil ich das Risiko nicht eingehen will, mit Menschen, die mir unsymphatisch sind, an einem Tisch zu sitzen, denn sonst müßte ich mich in so einem Fall auf ihrem Hochzeitstisch übergeben. Bei Hochzeiten ist das Risiko besonders groß, mit Idioten an einem Tisch zu sitzen, weil man keine Wahl hat, sich auszusuchen, neben wem man sitzen will, da es eine festgefügte Sitzordnung gibt.

Ich habe damals vorsichtig nachgefragt bei meiner Schwester, ob sie mich nicht neben den und den setzen kann, und auf keinen Fall neben die oder die, da hat sie gesagt, sie kann mir nichts versprechen, so eine Sitzordnung sei eine komplizierte Angelegenheit.

Dann bin ich eben nicht hingegangen. Wenn die sich so anstellt.

Ich habe meiner Schwester natürlich nicht den wahren Grund für mein Fernbleiben genannt, sondern einen anderen Grund, den sie akzeptieren kann.

Hätte ich ihr den wahren Grund genannt, daß ich vermeiden wollte, mich auf ihrem Hochzeitstisch zu übergeben, womöglich noch der Schwiegermutter auf den Schoß, dann hätte ich sie nur in ihrer Meinung bestärkt, daß ich ein neurotisches Wrack bin, das es nie zu etwas bringen wird, geschweige denn dazu, geheiratet zu werden, und sie würde glauben, ich würde mich nur deshalb in diese Hysterie hineinsteigern, weil sie heiratet und ich keinen Mann habe und voraussichtlich auch keinen finden werde.

Deshalb würde ich mich in diese Hysterie hineinsteigern, um sie vom Heiraten abzuhalten oder ihr wenigstens die Hochzeit zu verderben.

Ich kenne meine Schwester. Das denkt die im Ernst, wobei man in diesem Fall nicht von Denken sprechen kann, weil, wenn sie denken könnte, dann würde sie feststellen, daß ich deshalb ihrer Hochzeit fernbleibe, um sie ihr nicht zu verderben mit meinen Neurosen.

Aber denken kann die nicht. Konnte sie noch nie. Hat sie noch nie gemacht. Meine Schwester ist dumm. Anders als Be. Meine Schwester ist richtig dumm. Ohne jede Einschränkung.

Vielleicht aber habe ich diese Neurose eben aus diesem Grund entwickelt, daß mir solche Anlässe erspart bleiben. Daß ich gar nicht mehr in Versuchung komme, auf Hochzeiten und Taufen – die sind eher selten – oder Beerdigungen oder was sonst noch ansteht zu gehen.

Nach dem Essen mache ich einen kleinen Spaziergang. Ich gehe einmal um den Block und sogar ein bißchen weiter. Dabei mache ich Besorgungen wie Schuhe vom Schuster holen und kaufe etwas zum Essen ein. Zum Abendessen. Obst und Gemüse. Dann gehe ich nach Hause und lege mich ins Bett. Meistens lese ich, manchmal schlafe ich auch.

Das Lesen ist wichtig. Das Lesen ist fast das Wichtigste überhaupt. Ob einer liest und was einer liest und gelesen hat in seinem Leben, sagt viel über ihn, fast alles, und bildet seine Sicht auf die Welt. Wer nicht liest und nie gelesen hat, ist dumm und bleibt dumm. Richtig dumm. Ohne Einschränkung. Wie meine Schwester, die hat auch nie gelesen. Da ändert auch ihre Heirat nichts daran oder das viele Geld, das sie verdient.

Was weiß einer über die Liebe, der nie *Madame Bovary* oder *Rot und Schwarz* gelesen hat? Was weiß einer über Freundschaft, der nie *Der große Meaulnes* gelesen hat? Was weiß einer über Verzweiflung, der nie *Schuld und Sühne* gelesen hat? Und so weiter.

Deshalb ist Be meine Freundin, weil sie das alles auch

gelesen hat. Weil sie, obwohl sie sich so dumm anstellt, gar nicht dumm sein kann.

Man kann keine tiefe Freundschaft zu jemandem halten, der denkt, die Welt hört bei Hanni und Nanni auf. Das sind die wahren kulturellen Unterschiede, die zwischen den Menschen stehen. Das hat nichts damit zu tun, wie und wo einer aufgewachsen ist. Ob er viel Geld hat oder wenig, Erfolg oder nicht. Nicht einmal verschiedene Sprachen können so ein Hindernis darstellen wie einer, der gelesen hat, und einer, der nicht gelesen hat. Die müssen natürlich nicht die gleichen Bücher gelesen haben, versteht sich, nur die richtigen.

Man lernt zum Beispiel einen Menschen kennen. Man versteht sich, kann sich gut leiden, und dann merkt man, es geht nicht mehr weiter. Man kommt mit dieser Freundschaft nicht weiter. Man sieht sich, man trifft sich, redet über dies und das, was einem gerade passiert ist und wer was gesagt hat, aber man berührt nie das Wesentliche.

Das ist schwer zu beschreiben, was ich meine. Man wundert sich, daß man nicht richtig warm wird mit diesem Menschen. Daß die Kommunikation nicht klappt, obwohl man ständig miteinander redet. Und dann stellt sich heraus, daß dieser Mensch nie gelesen hat. Auf jeden Fall nicht die richtigen Bücher.

Wenn das ein Mann ist, wird man ihn irgendwann verlassen, auch wenn man glaubt, es wäre die große Liebe. (Außer man bleibt ihm ein Leben lang sexuell verfallen oder irgendeine andere perverse Nummer, daß man darauf steht, daß er einen schlecht behandelt, und deshalb nicht von ihm lassen kann, aber das sind wieder andere Geschichten, und die haben mit Liebe nichts zu tun.)

Wenn diejenige eine Frau ist, wird sie nie eine beste Freundin werden, sondern nur eine, mit der man Kochrezepte austauscht und die einem einen guten Gynäkologen empfehlen kann. Wobei ich mir da schon nicht mehr so sicher bin.

Lesen tun sie ja alle irgendwie, aber das Falsche. Das ist eigentlich noch schlimmer, als gar nicht zu lesen. Weil das die Menschen im falschen Glauben hält. Jeder, auch wenn er nur Reklamezettel liest, glaubt, er weiß Bescheid, weil er weiß, was die Wurst bei Penny kostet.

Das ist viel gefährlicher, das Lesen, als irgendwas anderes, weil die dummen Menschen davon noch dümmer werden, weil sie denken, daß das Lesen sie schlau macht. Egal was.

3

Blut

Ich gehe viel aus. Mit Be weniger. Neulich waren wir unterwegs. Margaritas trinken.

Es gibt bei uns um die Ecke so eine kleine Bar, die hat Eins-A-Frozen-Margaritas. Fünf verschiedene Sorten, die alle aus diesen Margarita-Maschinen kommen, wie sie die auch in Amerika haben. Die aussehen wie diese Getränkemaschinen, wo immer der Orangensaft die Wand hinunterläuft. In den Margarita-Maschinen läuft logisch kein Orangensaft die Scheibe hinunter, sondern da wird ständig Margarita mit Eis herumgewälzt und schaumig gerührt.

Wenn die Margaritas in ein Glas gefüllt werden, paßt dann doppelt soviel in ein Glas, als wenn sie flüssig wären, weil die Hälfte von dem Margarita-Eisbrei wie ein Sahnehäubchen auf dem Glas liegt. Auf dem Glas liegt fast noch mal soviel, wie in das Glas hineinpaßt. Deshalb kann man ewig daran trinken. Und das für nur acht Mark. Oder sogar für nur sechs Mark, wenn man vor zehn Uhr bestellt.

Nach drei Margaritas ist man schon ziemlich besoffen, aber das merkt man nicht. Nach fünf Margaritas kann man nicht mehr laufen. Da steht man auf, weil man aufs Klo will, und die Beine knicken weg, und man fällt hin und kann nicht mehr aufstehen.

Be und ich haben aber nur drei Margaritas getrunken. Be hat den ganzen Abend wenig gesprochen, was gar nicht ihre Art ist. Es war sogar so, daß ich mehr von mir erzählt habe als sie von sich, und das ist äußerst ungewöhnlich. Das hätte mich mißtrauisch machen sollen. Es hat mich aber nicht mißtrauisch gemacht, weil ich mir keine Gedanken mehr über Be mache.

Sie war den ganzen Abend nicht richtig da und hat die Margaritas in sich reinlaufen lassen. Sie wollte eigentlich mehr als drei trinken, das habe ich aber verhindert, weil ich keine Lust hatte, sie nach Hause zu tragen. Das hätte ich auch gar nicht gekonnt.

Nach der dritten Margarita hat sie dann gesagt, daß sie sich von Karl trennen will. Das hat mich dann doch umgeworfen, obwohl ich mir fest vorgenommen hatte, mich nicht mehr von Be umwerfen zu lassen.

Be sagt, sie hätten alles probiert, aber es hätte keinen Sinn mehr. Das hätte nichts mit Will zu tun. Im Gegenteil, die Geschichte wäre schon lange beendet, hätte nie richtig angefangen. Karl hätte das auch nie erfahren. Das wäre nicht der Grund. Ein anderer Mann.

Be sagt, daß sie auszieht mit den Kindern und Karl die Wohnung überläßt. Ich denke, die schöne Wohnung. Jetzt, wo die so schön und gemütlich ist und es Winter wird, zieht Be aus. Das ist wieder typisch, daß sie es sich so richtig gibt. Ich frage sie, wohin sie ziehen will, und sie sagt, sie wüßte noch nicht, aber so wie es aussieht, zieht sie erst mal in ein besetztes Haus.

EIN BESETZTES HAUS. ERST MAL. Mir fallen

fast die Ohren ab und die Augen aus dem Kopf. Ich wußte gar nicht, daß es die noch gibt. Besetzte Häuser. Be schafft es immer wieder. Ich bin platt. Ich kann nichts mehr sagen. Bringe kein Wort mehr raus. Mit den Kindern, im Winter, in einem besetzten Haus. Mit Teppichen vor den Türen und Plastiktüten an den Fenstern, schläft Be mit den Kindern und zehn Hunden und dreißig Pennern auf verschimmelter Auslegware. Das Frühstück teilen sie sich mit den Hunden.

So ist es dann doch nicht. Es handelt sich um ein ehemals besetztes Haus, das aber inzwischen toprenoviert ist und von Architekten mit Zentralheizung bewohnt wird.

Be kann dort eine kleine Zweizimmerwohnung haben. Für ein halbes Jahr oder länger. Mit Gemeinschaftsküche. Ich hätte es ihr aber zugetraut, daß sie ihren Leidensdruck wieder hochschraubt. Nach drei Jahren Ruhe.

Ich kann das trotzdem nicht so ganz glauben, schließlich sind wir nicht mehr nüchtern, und ich kenne Be. Das wird wieder so eine Laune sein, denke ich mir. Und wenn sie sich wirklich von Karl trennen will, dann wäre Be die letzte, die ihm die Wohnung überläßt und auszieht, es sei denn, sie hätte einen Vorteil davon. Be würde nie im Leben aus dieser gemütlichen Wohnung ausziehen, wenn sie nicht einen Vorteil davontragen könnte.

Be wird in dieser Wohnung bleiben und Karl das Gefühl geben, er hätte sie dazu überredet, dort zu bleiben. Karl ist so anständig, der würde es ihr nie zumuten, mit den Kindern auf die Straße zu ziehen.

So würde sie ihm das nämlich darstellen. Daß sie mit den Kindern, jetzt im Winter, in ein besetztes Haus zieht. Aber er soll sich keine Sorgen machen, das geht schon in Ordnung. Dabei würde sie ihm nicht erzählen, daß es sich um ein ehemals besetztes Haus handelt mit Architekten und Zentralheizung.

Karl würde ihr das jederzeit zutrauen, daß sie in ein schimmliges Dreckloch ohne Türen und Fenster zieht, und würde deshalb eher heute als morgen ausziehen, auch wenn er noch keine Wohnung hätte und nicht wüßte, wo er bleiben soll.

Be würde alles tun, um ihn zum Bleiben zu überreden, aber sie würde ihm nicht sagen, daß er sich keine Sorgen machen braucht, weil sie in einen toprenovierten Altbau zieht mit Gemeinschaftsküche, wo die Kinder und sie bestens versorgt sind.

Deshalb wird Karl ausziehen, nachdem er alles getan hat, um aus Bes Wohnung eine gemütliche Wohnung zu machen, außer es steckt noch was dahinter, von dem Be mir nichts gesagt hat, und so verstockt, wie Be heute ist, glaube ich fast, daß noch mehr dahinter steckt, aber es ist nichts aus ihr herauszubringen, was viel heißt bei Be, die sonst nichts für sich behalten kann und jedem immer alles über sich erzählt, wirklich alles, über Befindlichkeiten, seelische und körperliche.

Nicht einmal vor unappetitlichen Krankheiten macht sie halt oder noch schlimmer, Frauenleiden. Das erzählt sie jedem, egal wen sie trifft, auf der Straße oder im Schwimmbad, erzählt sie, wenn man sie fragt, wie es ihr geht, aber auch ohne daß man sie fragt: *Ich fühle mich so aufgeschwemmt, ich glaube, ich kriege meine Tage*, oder: *Ich habe seit Tagen so starke Blutungen, daß ich ständig auf den Boden schaue, ob das Blut schon aus mir raustropft.*

Wir gehen nebeneinander her nach Hause und sprechen kein einziges Wort. Be macht den Mund nicht mehr auf, und das macht mir Sorgen. Wenn Be nicht mehr spricht, dann muß etwas ganz Schlimmes passiert sein. Ich versuche sie zu überreden, mit nach oben zu kommen. Ich habe noch eine Flasche Tequila, sage ich ihr, die können wir plattmachen, wie in alten Zeiten.

Als die Kinder noch ganz klein waren und Karl noch nicht da war, am Anfang, als Be in meine alte Wohnung gezogen war, kam sie fast jeden Abend zu mir herauf mit dem Babyphon, und wir haben uns vollaufen lassen. Das Babyphon stand vor uns auf dem Tisch, und wir haben gesoffen, als gäbe es was zu verlieren. Ich hatte damals großen Liebeskummer, weil ich von meiner großen Liebe verlassen wurde, der größten überhaupt in meinem Leben, bis jetzt und für immer. Und Be ging es sowieso schlecht damals, alleine mit den Kindern.

Mir ging es nicht nur schlecht, ich war ein Wrack. Nicht mehr am Leben. Am Ende. Damals habe ich alles aufgegeben. Deshalb kam Be zu mir, damit ich mich nicht alleine vollaufen lassen mußte, und wir haben uns zusammen vollaufen lassen.

Ich werde ganz sentimental, deshalb hole ich die Flasche Tequila heraus und gieße mir ein Glas ein. Ich trinke einige Schlucke, aber es schmeckt nicht, und es macht auch keinen Spaß, in der leeren Wohnung zu sitzen mit einer vollen Flasche Tequila. Das ist mehr als trostlos. Zum Glück fällt mir ein, daß sich mein Leben geändert hat und weiter ändern wird. Daß gerade alles dabei ist, wieder besser zu werden. Ich stehe auf und stelle die Flasche zurück in den Schrank. Das Glas schütte ich weg. Dann lege ich mich ins Bett und denke, daß ich gespannt bin, ob Be jetzt auszieht oder in ihrer Wohnung wohnen bleibt. Traurig wäre ich schon, wenn sie ausziehen würde, schon wegen der Erinnerung.

An die schlechten Zeiten, die wir zusammen durchgestanden haben.

Be ist eine gute Freundin, weil sie eine treue Freundin ist. Die steht zu einem und hält zu einem, egal, in welcher Verfassung man sich befindet. Das ist Be egal. Wenn sie einen mag, dann mag sie einen, und wenn man sie braucht, dann ist sie da.

Es gibt Freundinnen, die können es nicht ertragen, wenn es einem schlecht geht. Die verabschieden sich dann ganz schnell und kommen erst wieder, wenn es einem besser geht und man wieder lachen kann, anstatt daß sie einen zum Lachen bringen, damit es einem wieder besser geht. Be macht das. Vielleicht liegt es daran, daß es Be die meiste Zeit schlecht geht, daß sie dafür Verständnis hat, aber auch wenn es ihr gutgeht, hat sie dafür Verständnis. Wie in den letzten drei Jahren. Als es ihr mit Karl gutging und mir immer noch schlecht, hat sie mich trotzdem nicht hängen lassen. Das ist es, was ich an Be schätze, warum sie trotz des ganzen Irrsinns, den sie ständig anstellt, meine beste Freundin ist.

Früher war das nicht so. Da ging es ihr auch noch nicht schlecht. Oder sie hat das noch nicht so richtig wahrgenommen, daß es ihr schlecht geht. Schlecht gehen müßte. Be hatte nur Männer im Kopf. Hat sie der eine verlassen oder sie ihn, hat sie das gar nicht richtig wahrgenommen, weil sie schon den nächsten im Kopf hatte. Und den übernächsten. Sonst hat die nichts um sich herum wahrgenommen.

Auch nicht, daß der eine oder andere, hinter dem sie her war, an mir interessiert war oder ich an ihm. Das hat sie nicht interessiert.

Das war kein feiner Zug, und deshalb haben wir oft gestritten, und irgendwann wollte ich nichts mehr von ihr wissen, aber ich glaube, das hat sie auch kaum wahrgenommen.

Wir haben uns dann über ein Jahr nicht mehr gesprochen.

Als ich sie wieder getroffen habe, war sie schwanger. Und noch glücklich. Da war sie wie ausgewechselt. Ein neuer Mensch, ich habe sie kaum wiedererkannt. Deshalb habe ich ihr verziehen, und sie wurde wieder meine Freundin.

Be war natürlich nicht wirklich ein neuer Mensch geworden.

Was uns aber besonders verbunden hat in dieser Zeit, ist, daß wir gemeinsam das Schlimmste durchgemacht haben, zur selben Zeit.

Das war zwei Jahre später, als das zweite Kind kam

und ich verlassen wurde. Als Be keine Wohnung mehr hatte und nicht wußte wohin und mir der Boden unter den Füßen weggezogen worden war. Ich hatte zwar noch eine Wohnung, aber sonst war mir nichts mehr geblieben von meinem Leben und allem, was darin vorkam und was ich einmal davon wollte. Mir war nichts geblieben: Ich wußte nicht mehr, wozu ich auf der Welt war.

Deshalb war ich froh, daß Be da war, der es genauso schlecht ging, den äußeren Umständen nach sogar noch viel schlechter, und daß sie meine Hilfe gebraucht hat und ich ihr helfen konnte.

Damit, daß ich ihr geholfen habe und immer bei ihr war, hat sie mir mehr geholfen, als es irgend jemand sonst hätte tun können, weil ich wieder einen Sinn hatte in meinem Leben und einen Grund, morgens aufzustehen, nämlich um Be zu helfen.

Wenn ich es mir recht überlege, dann ist Be mit ihren Kindern immer besser dran, auch wenn es erst mal so aussieht, als wäre sie besonders mies dran, allein mit zwei kleinen Kindern.

Aber egal, wie mies es ihr geht, verliert sie sich und das Wesentliche nie aus den Augen, weil sie die Kinder hat, die sie brauchen, und das steht vor allem. Vor jedem Liebeskummer zumindest und sei er noch so groß, nie wird sie sich darin verlieren, weil sie die Kinder hat.

Trotzdem möchte ich keine Kinder haben und schon gar nicht mit Be tauschen, weil ich gar nicht die Kraft dazu hätte.

Wenn ich Kinder hätte, würden wir wahrscheinlich alle vor die Hunde gehen.

4

Strom

Be ist tatsächlich ausgezogen. Sie hat mich diesmal sogar angerufen, um mir das zu sagen, damit ich mir keine Sorgen mache um sie, wie letztes Mal. Das ist sehr umsichtig von ihr.

Am Telefon ist nichts aus ihr herauszubringen, sie will sich mit mir treffen, dann reden wir, sagt sie.

Be ist merkwürdig. Ganz anders, weil sie noch nie den Mund halten konnte. Zumindest, was die eigene Befindlichkeit angeht.

Im Gegensatz dazu kann man ihr jedes Geheimnis anvertrauen, weil man sich sicher sein kann, daß Be es nicht herumredet. Ich weiß nicht, ob aus Loyalität oder weil sie sich sowieso nichts länger als fünf Minuten merken kann, und schon gar nichts, was andere angeht. Aber eine Qualität ist es trotzdem, daß man ihr mit gutem Gewissen alles anvertrauen kann, weil man sich sicher sein kann, daß sie es nicht herumtratscht. Egal aus welchem Grund.

Wogegen Leute, die alles herumtratschen, auch einen Vorteil haben. Man muß nur wissen, daß man ihnen nichts anvertrauen darf, das nicht unter die Menschen gelangen soll. Wenn man das weiß, sind solche, die alles herumtratschen, ein wunderbares Mittel, um Informationen weiterzuleiten, die man nicht selbst verbreiten kann oder will.

Be sagt, daß sie abends schlecht wegkommt, weil sie jemanden finden muß, der auf die Kinder aufpaßt.

Das heißt, daß sie tatsächlich alleine wohnt und die neue Situation erst mal schwieriger für sie ist. Wir verabreden uns für Sonntag. Das ist in fünf Tagen.

Ich gehe hinunter und hole mir mein Frühstück. Semmeln und eine Zeitung.

Ich kaufe immer freitags die Zeitung, wegen der Beilage, einem Magazin, das der Freitagsausgabe beiliegt. Das lese ich immer, die Zeitung selten. Aber man hat das Gefühl, etwas für die politische Bildung getan zu haben, weil man eine Zeitung kauft, und das Bedürfnis nach bunten Bildern und schnellen Geschichten wird auch befriedigt.

Das Magazin lese ich immer ganz, und für das gute Gewissen blättere ich die Zeitung einmal durch. Die Seite drei, das Feuilleton, anderes lese ich sowieso nicht, und dann lese ich noch ein wenig im Vermischten.

Im Magazin gibt Isabella Rossellini Abwaschtips. Ein kurzer Bericht, in dem Isabella Rossellini erzählt, wie man am klügsten abwäscht. So wie sie es von ihrer Mutter gelernt hat. Weil ihre Mutter die beste Abwäscherin Schwedens war. Sie, die Mutter, ist auch später, als sie nicht mehr in Schweden lebte, immer nach Schweden gefahren oder geflogen, um dort ganz bestimmte schwedische Spülbürsten zu kaufen.

Ich lese diesen Bericht, weil ich wissen will, was das Abwaschen erleichtert, aber es steht nichts darin, was man nicht wüßte. Besteck am Schluß abspülen und

Gläser mit kochend heißem Wasser klarwaschen, damit das Wasser verdampft und die Gläser fleckenlos trocknen. Weil da wirklich nichts Neues drinsteht, bekomme ich schlechte Laune und beginne, auf die Rossellini zu schimpfen und auf dieses dumme Magazin, in dem eine, nur weil sie Rossellini heißt, langweiliges Zeug über Abwaschen erzählen darf.

Da wüßte wahrscheinlich manche Hausfrau besseres darüber zu berichten, aber das finden die dann natürlich blöd, daß eine Hausfrau übers Abwaschen redet, weil jeder weiß, daß Hausfrauen nur übers Abwaschen reden, da muß schon eine Rossellini her, die man aus der Kosmetikwerbung kennt und aus *Blue Velvet*, wo sie nackig durch die Gegend rennt, obwohl sie keinen makellosen Körper hat. So was ist für die Zeitung subversiv, wenn so jemand über Abwaschen redet.

Erst nachdem ich mir das alles gedacht habe, fällt mir ein, daß die Mutter der Rossellini natürlich Ingrid Bergmann ist.

Mit dem Zeitunglesen habe ich den halben Vormittag vertrödelt. Ich überlege, ob ich zu Karl hinuntergehe, um ihn zu fragen, ob er etwas braucht. Das geht natürlich nicht. Das würde so aussehen, als ob ich herumspionieren würde. Wie meine Mutter. Die immer hereinkam, wenn ich Besuch hatte. *Na Kinder, wollt ihr etwas essen?* Immer den guten Grund vorgeschoben. Das werde ich nicht tun.

Ich gehe hinaus, einfach so auf die Straße. Weil der Tag in Unordnung ist, aus der Reihe, beschließe ich, spazierenzugehen, was ich sonst nie tue. Jeder Weg außer Haus ist sonst mit einem guten Zweck verbunden. Ich kenne das gar nicht, einfach so spazierenzugehen. Herumlaufen ohne einen guten Grund. Noch dazu im Nebel.

Es ist dicker Nebel draußen. Man sieht die Hand nicht vor Augen. Es ist zwei Uhr am Mittag und zappenduster. Als hätte es nie einen Himmel oder ein Licht gegeben. Ganz schwach sieht man die Scheinwerfer leuchten und sonst nichts. Ich laufe in dieser Suppe herum und gehe wieder nach Hause.

Als ich gerade die Tür aufschließe, kommt mir Karl entgegen. Er reißt von innen die Tür auf, in die ich gerade von außen meinen Schlüssel gesteckt habe. Dann läuft er auch noch in mich hinein. Er entschuldigt sich und fragt, ob ich mir etwas getan hätte, und dabei kommt mir die Idee, daß ich ihn frage, ob er mal nachschauen kann bei mir im Sicherungskasten, weil eine Sicherung ausgefallen ist.

Das stimmt wirklich, daß die Sicherung ausgefallen ist. Ich habe im Bad kein Licht mehr und keinen Strom, obwohl ich eine neue Sicherung hineingedreht habe. Karl sagt, daß er sich das heute abend anschauen wird.

Das ist deshalb klug, weil ich ihn um Hilfe gebeten und nicht ihm meine Hilfe angeboten habe. Dadurch bin ich die Hilflose und er der Helfer, und er ist somit logisch in der stärkeren Position, und weil ich ihn brauche, kann ich ihm damit helfen und vielleicht auch rauskriegen, was los ist mit Be und Karl.

Dann gehe ich noch mal hinaus in den Nebel, diesmal, um etwas einzukaufen, zum Kochen, wenn Karl heute abend kommt. Nichts Aufwendiges. Nichts, was so aussieht, als hätte ich es extra gekocht. Mehr so was, was ich eben so für mich am Abend koche. Etwas, das nicht viel Mühe macht und gut schmeckt.

Ich kaufe Matjes, aalgeräucherten und Kartoffeln.

Natürlich ist nichts aus Karl herauszubekommen. Er sitzt rum und redet nichts, aber anders als sonst. Nicht mit dem freundlichen Lächeln, das das Schweigen so behaglich macht. Es ist ein Schweigen, das einen frieren läßt, und ich bekomme keinen Bissen hinunter. Karl auch nicht. Wir sitzen beide schweigend am Tisch und schauen auf unsere Teller mit den Matjes darauf. Ich denke mir, ich sollte das Schweigen brechen. In meinem Kopf arbeitet es, und ich stelle alle Fragen, die ich die ganze Zeit fragen will: *Was ist los mit Be? Habt ihr euch getrennt? Wegen einem anderen Mann? Hast du eine andere Frau? Möchtest du öfter zum Essen hinaufkommen?*

Ich denke so fest an all diese Dinge, daß ich am Ende selbst nicht mehr weiß, ob ich das nur gedacht habe oder tatsächlich gefragt.

In das Schweigen und mein Denken hinein sagt Karl auf einmal, daß er gehen muß, weil es ein anstrengender Tag für ihn war. Das ist so überraschend, daß er spricht, daß er vor seiner eigenen Stimme erschrickt und die sich überschlägt. Wie bei einem Stimmbruch. Jetzt, wo er was gesagt hat, könnte ich endlich etwas sagen, ohne das Schweigen brechen zu müssen.

Ich sage, daß es noch einen Nachtisch gibt, ob er nicht noch einen Nachtisch essen will, bevor er geht. Das ist so dumm, daß ich mich ohrfeigen könnte. So offensichtlich ist es, daß Karl nichts essen will. Keinen Nachtisch und keinen Vortisch. Daß er nicht hier bei mir herumsitzen will und schon gar nicht mit mir reden.

Jetzt ist es zu spät, etwas zu sagen. Ich sage, ich bin auch müde. Ich sage, es tut mir leid, daß ich ihn so schlecht unterhalten habe, aber ich hätte heute auch einen besonders anstrengenden Tag gehabt. Allein der Ärger mit dem Strom. Das sollte ironisch und auch ein bißchen witzig sein, um die ganze Situation aufzulockern, aber Karl lächelt nicht einmal dünn. Er verabschiedet sich und gibt mir die Hand. Ich drücke seine Hand ganz fest und nehme noch meine andere Hand dazu, die ich um seine lege und sage, wann immer was ist, melde dich, und er geht.

Ich stehe neben mir auf dem Flur und sehe mich, wie ich Karls Hand halte mit meinen Händen und in einer fremden, rauhen Stimme sage: *Wann immer was ist, melde dich.*

Dafür gibt es keine Worte. Ich hau mir ins Gesicht. Zwei kräftige Ohrfeigen. Eine rechts und eine links. Ich schäme mich. Da gibt es nichts mehr zu sagen.

5

Durst

Be ruft an, um unsere Verabredung abzusagen. Sie kommt nicht weg, sagt sie, weil die Kinder krank sind. Sie lädt mich zum Essen ein. Sie kocht für mich in ihrer neuen Wohnung.

Das ist noch besser, weil ich das sehen will, wie sie jetzt lebt und mit wem.

Es versteht sich, daß es kein Vergnügen ist, von Be zum Essen eingeladen zu werden, wenn sie das Essen selbst kocht. Ich kenne niemanden, der so wenig kochen kann wie Be. Außer Karl.

Aber Be denkt, daß sie kochen kann. Nicht das, was man darunter versteht, wenn man sagt, jemand kann gut kochen. Dinge wie Parfaits und Soufflés und Einbrennersoßen. Be kann nichts von dem, was Mütter kochen können oder was in Kochbüchern steht.

Deshalb improvisiert sie beim Kochen. Ganz *unkonventionell* schüttet sie Sachen zusammen, von denen man nie im Leben annehmen würde, daß sie sich in einem Gericht vertragen, und das tun sie auch nicht. Be findet das schon. Die ist ganz stolz auf ihre Intuition und ihre *unkonventionelle* Küche.

Weil sie das zum Glück nur selten tut, fehlt ihr jede Erfahrung, was die Kochzeit der einzelnen Lebensmittel angeht. Sie schüttet alles auf einmal in einen Topf oder in eine Pfanne. Zucchinis und Pilze und Karotten und Kartoffeln. Dann läßt sie das so lange kochen, bis das eine zerkocht ist und das andere noch nicht durch.

So was habe ich bisher nur in Mitropa Gaststätten gegessen. Damals im Transit, als es die Zone noch gab. Kartoffeln, die außen zerkocht und matschig waren und innen roh. Wie man das schafft, ist mir ein Rätsel geblieben. Be wüßte darauf sicher eine Antwort.

Das letzte Mal, als ich bei Be zum Essen war, gab es auch rohe Kartoffeln. Mit zerkochten Zucchinis und hartem Reis. Das mit dem Reis war ein ganz besonderer Trick. Den hat sie nicht extra gekocht, sondern zu den Zucchinis und den Kartoffeln in die Pfanne gegeben und alles zusammen gekocht. So risottomäßig, hat sie sich wahrscheinlich gedacht. Am Ende kam ein klebriger harter klumpiger Brei dabei heraus, den man nur mit viel Flüssigkeit herunterbrachte.

Die gab es glücklicherweise, die Flüssigkeit, weil sich Karl damals noch um die Getränke gekümmert hat, und deshalb konnte man sicher sein, daß genug Bier im Haus war. Immer ein Bier mehr, als man trinken kann. Das habe ich dann auch gemacht, viel Bier getrunken, den Kleister hinuntergespült und den Hunger mit Bier gestillt. Flüssig Brot, sagt man doch so.

Wenn ich mir das recht überlege, habe ich mich bei jedem Essen, das Be gekocht hat, betrunken. Ich konnte gar nicht anders.

Wie es jetzt mit der Getränkeversorgung bestellt ist, wo sie selbst dafür verantwortlich ist, weiß ich nicht.

Wie ich Be kenne, nimmt sie an, daß ich die Getränke mitbringen werde, und das tue ich auch, weil ich auf keinen Fall das Risiko eingehen möchte, bei einem Essen von Be auf dem Trockenen zu sitzen.

Ich überlege noch, ob ich Bier oder Wein besorgen soll, entscheide mich dann aber doch für Wein, obwohl Bier dünner als Wein ist, und mein Durst wird groß sein.

Ich kann mich aber nicht mit einem Kasten Bier abschleppen, wie sieht das auch aus, außerdem. Meine Freundin lädt mich zum Essen ein, und ich schleppe einen Kasten Bier an. Obwohl ich bei Be keine Skrupel habe. Die weiß, wie das manchmal mit dem Durst bestellt ist, aber es sieht trotzdem blöd aus. So voraussehend. Deshalb kaufe ich zwei Flaschen Wein von dem guten Schnabelwein. Der ist leicht und süffig, und den gibt es in Einliterflaschen.

Unterwegs denke ich mir, daß ich noch nie derart offiziell zu einer Verabredung mit Be unterwegs war. Wenn sie mich sonst zum Essen eingeladen hat, bin ich ein paar Treppen hinuntergegangen. Oder wir haben uns unverabredet getroffen. Weil wir uns sowieso ständig gesehen haben. Schon immer.

Be ist mir fremd geworden, denke ich mir. Der italienische Feinkostladen, bei dem ich immer den Wein kaufe, hat geschlossen. Das ist mehr als ärgerlich. Jetzt habe ich mir alles so schön zurechtgelegt mit dem Wein und kann wieder von vorne anfangen. Ich gehe zu Edeka. Mit der Weinauswahl dort kann ich nichts anfangen. Ich stehe vor dem Spirituosenregal und kann mich nicht entscheiden. Manchmal kann es ein richtiges Problem werden, etwas zu trinken. Aus einer Laune heraus will ich schon eine Flasche Batida de Coco kaufen. Und Bananensaft. Damit hatten Be und ich unseren ersten Vollrausch, und obwohl uns elend schlecht war, waren wir süchtig nach Batida de Coco mit Bananensaft. Später auch mit Kirschsaft.

Ich entscheide mich doch für Bier und kaufe zwei Six Packs Budweiser. An der Kasse lasse ich mir zwei Tüten geben und trage das Gewicht gleichmäßig verteilt, an jeder Hand eine Tüte.

Be wohnt in Kreuzberg, wie sollte es auch anders sein. Ich bin zu früh. Be macht mir die Tür auf und sieht erhitzt aus. Wir küssen uns zur Begrüßung, und das ist komisch, weil wir das sonst nie machen.

Es gibt Freundinnen, die fallen sich ständig um den Hals und umarmen sich oder halten sich an den Händen. Das machen wir nie. Wir küssen uns nur manchmal, zur Begrüßung oder zum Abschied, das heißt, das ist nicht einmal ein richtiger Kuß, wir berühren uns mehr mit den Wangen, aber auch nur selten, weil wir uns sowieso ständig sehen, und da hätten wir viel zu tun, wenn wir uns ständig begrüßen oder verabschieden würden. Nur wenn wir uns länger nicht sehen oder gesehen haben, weil eine von uns verreist war oder ähnliches, küssen wir uns so. Be legt mir dabei manchmal einen Arm um die Schulter, das ist mir dann schon unangenehm, und ich merke, wie ich mich steif mache bei der

Umarmung, wobei es keinen Grund dafür gibt, weil Be auch nicht zu diesen körperlichen Menschen gehört, die einem ständig zu nahe kommen. Das schätze ich an ihr.

Ich frage nach dem Kühlschrank, um das Bier kalt zu stellen, und Be führt mich in die Küche. Ich stelle das Bier in den Kühlschrank, und dann frage ich sie nach der Toilette. Sie beschreibt mir den Weg und lehnt sich in den Backofen. Es riecht gut. Nach Braten oder so was. Ich gehe aufs Klo, das ein Bad ist, und schaue mich in der Wohnung um. Es sieht wirklich anständig aus. Sogar sauber. Das Bad ist weiß gekachelt und alles frisch renoviert. Es gibt noch ein Zimmer, das ist Bes Zimmer und Wohnzimmer, dahinter liegt das Kinderzimmer, nehme ich an. In Bes Zimmer stehen Möbel, die ich nicht kenne. Ein großer weißer Tisch ist gedeckt für zwei Personen. Kerzen stehen auf dem Tisch. Das sieht alles so anders aus, als ich es von Be kenne.

Das macht mich befangen, und ich merke, daß auch Be verlegen ist. Wir haben uns noch nicht einmal gerade angeschaut, seitdem ich da bin. Ich stelle mich zu Be in die Küche, in der sie heftig herumhantiert, und mache uns ein Bier auf. Be schaut mich dankbar an, als ich ihr das Bier reiche, und schüttet es mit zwei Zügen hinunter. Als hätte sie seit Jahren nichts mehr getrunken. Ich denke mir, daß es richtig war, zwei Six Packs zu kaufen, obwohl ich mir nicht mehr sicher bin, ob uns das reichen wird.

Ich stelle meine leere Flasche ab und mache uns noch ein Bier auf. Be sagt, das ist gut, sehr gut, daß ich an die

Getränke gedacht habe, sie wäre nicht mehr dazu gekommen, etwas zum Trinken zu kaufen. Außer einer
Flasche Prosecco, der steht im Kühlschrank. Ob ich den
trinken will. Ich sage, vielleicht später, wenn das Bier alle
ist. Ich weiß, daß Be keinen Sekt mag, und Be weiß, daß
ich keinen Sekt mag. Wir grinsen beide und schauen uns
endlich ins Gesicht. Be sieht anders aus, aber ich komme
nicht drauf, was das ist, das sie so anders aussehen läßt.

Ich frage Be nach den Kindern. Denen geht es gut,
sie schlafen. Ich frage Be, wem das ganze Zeug gehört
in der Wohnung. Die Möbel und das Geschirr und alles. Schnickschnack, der nicht zu Be paßt. Eine riesige
Pfeffermühle, wie sie in manchen teuren Lokalen von
einem Ober an den Tisch getragen werden, wenn man
danach fragt. Be schraubt endlos Pfeffer aus einer solchen Mühle in die Pfanne.

Die Möbel und das ganze Zeug gehören einer Gabriella, der auch die Wohnung gehört. Gabriella ist die
Freundin einer Freundin von Be und für zwei Jahre in
Australien. So lange kann Be in ihrer Wohnung wohnen
mit der Pfeffermühle und dem ganzen Schnickschnack.
Auf einmal habe ich ein Déjà-vu, als hätte ich das alles
schon einmal erlebt. Daß ich neben Be in einer fremden
Küche stehe, und sie kocht mit einer fremden Pfeffermühle, die viel zu groß für sie ist. Ich komme nicht darauf, was das gewesen sein soll. Ein Traum, oder ob ich
das genau so schon einmal gesehen habe. Das kann ich
mir nicht vorstellen.

Es riecht wirklich gut. Es gibt Lamm mit grünen Bohnen. Ein richtiges Essen, und dann sehe ich das Koch-

buch, das aufgeschlagen auf dem Tisch liegt. Be kocht aus einem Kochbuch! Mir ist das alles unheimlich.

Ich frage, wer die Freundin ist, die die Freundin von Gabriella ist. Das Essen ist fertig, und Be antwortet mir nicht, weil sie mit dem Braten beschäftigt ist. Ich schütte die Bohnen in eine Schüssel und trage sie hinaus auf den gedeckten Tisch. Be hantiert noch ewig in der Küche herum, dann kommt sie endlich und trägt stolz den aufgeschnittenen Braten vor sich her und eine Schüssel mit Kartoffeln.

Die Teller, von denen wir essen, sind genauso albern wie diese riesige Pfeffermühle, die jetzt auf dem Tisch steht, weil Be sie aus der Küche geholt hat. Die Teller sind schwarz und sechseckig. Ich sage zu Be, von schwarzen Tellern kann ich nicht essen, und von eckigen schon gar nicht. Be, die immer für einen solchen Spaß zu haben ist und die, wie ich denke, genauso über eckige schwarze Teller denkt wie ich, schaut mich nur giftig an und sagt, iß. Ich stehe auf und hole mir noch ein Bier.

Das Essen schmeckt richtig gut, und ich merke beim Essen, wie hungrig ich bin. Ich schaue Be an, die auf ihren Teller schaut. Mir fällt immer noch nicht ein, was anders an ihr ist. Vielleicht ist es auch nur die fremde Umgebung, die sie so fremd aussehen läßt. Be schaut nicht einmal hoch von ihrem Teller, dabei muß sie merken, daß ich sie die ganze Zeit anschaue. Ich sage, wirklich gut, das Essen. Daß ich schon lange nicht mehr so gut gegessen habe.

Jetzt schaut sie mich endlich an. Und jetzt sehe ich, was so anders an ihr ist. Be ist völlig ungeschminkt.

Ich habe Be noch nie zuvor ohne Schminke gesehen, seitdem sie sich schminkt, versteht sich, und das tut sie, seitdem sie zwölf ist oder so. Be hat sich immer geschminkt. Be ist mit Schminke ins Bett gegangen und mit Schminke wieder aufgestanden. Die hat sich nie abgeschminkt. Nur immer wieder nachgemalt, wenn sich etwas abgerieben hat. Vor allem die Augen hat sie immer schwarz angemalt. Mit einem dicken Lidstrich, der über das Lid hinauslief und einen Bogen nach oben machte. Das sollte ihr etwas schräges Asiatisches geben, denk ich mir mal.

Ihr Gesicht ist völlig nackt. Nackt ist genau das richtige Wort. Daß mir das nicht sofort aufgefallen ist. So ist das mit allem, was man täglich sieht. Ich weiß noch, wie ich jahrelang eine Zahnspange tragen mußte. Eine, die mit schwarzen Drähten auf die Zähne zementiert wird. Als man sie mir endlich herausgenommen hatte, dachte ich, ich wäre ein neuer Mensch. Ich bin in die Schule gegangen und habe gelacht, was das Zeug hielt. Ich habe den Mund aufgerissen, so weit es ging, und meine neuen Zähne gezeigt. Mein Gesicht bestand nur aus Zähnen. Ich bestand nur noch aus Zähnen. Aus schönen weißen geraden Zähnen. Und keiner hat etwas gemerkt. Nicht einer, oder eine. Nicht einmal Margot, die neben mir saß und mit der ich jeden Tag zur Schule lief und wieder zurück. Ich hatte es keinem gesagt, daß man mir die Zahnspange herausnehmen würde. Wochenlang vorher hatte ich davon gewußt und niemandem etwas gesagt: In zwei Wochen werde ich dieses Ding nicht mehr in meinem Mund haben. In zwei Wochen werde ich ein neuer Mensch sein. Es sollte eine Überraschung werden. Eine große Überraschung. Ich wollte sie blenden mit meinen Zähnen, wie Aschenbrödel in seinem Ballkleid, und keiner hat was gemerkt. Mein Kiefer tat mir weh vom ständigen Mundaufreißen, und irgendwann habe ich gefragt, fällt euch nichts auf an mir, und sie haben geraten: Du hast einen neuen Pullover, Hose, Jacke, du warst beim Friseur, du trägst keine Brille (ich habe nie eine Brille getragen), bis endlich jemand darauf kam: Deine Zahnspange ist weg. Das war Olaf, der war ein bißchen beschränkt, und ich hatte bisher keine drei Sätze mit ihm geredet. Von da an mochte ich Olaf. Er war gar nicht so beschränkt, wie ich dachte.

So ist das immer mit den Sachen, die am offensichtlichsten sind, die bemerkt man gar nicht. Das heißt, man bemerkt sie schon, kann sie aber nicht benennen, weil man das, was man ständig sieht, nicht mehr anschaut.

Ich habe einmal gelesen, daß Männern, die vorhaben, sich ein Toupet zuzulegen, und die nicht wollen, daß das jemand bemerkt, geraten wird, sich einen Bart wachsen zu lassen und sich den Bart abzurasieren, wenn sie zum ersten Mal das Toupet tragen. Die Leute würden dann denken, die Veränderung käme daher, daß derjenige keinen Bart mehr trägt, und würden nicht bemerken, daß er inzwischen ein Toupet trägt. Ob das stimmt, würde ich gerne wissen.

Du bist ja völlig ungeschminkt, sage ich zu Be, und daß mir das erst jetzt auffällt, obwohl ich mich die ganze Zeit gefragt habe, warum sie so anders aussieht.

Obwohl sich Be ständig verändert und ihren Stil wechselt, war sie bisher noch nie so anders wie jetzt ohne Schminke. Ich frage sie, was dahintersteckt, daß sie sich nicht mehr schminkt.

Be schminkt sich, seitdem sie zwölf ist oder so. Da nannte sie sich Babsi und begann sich zu schminken. Mir war zu der Zeit noch nicht einmal ein Busen gewachsen. Be hatte von ihrer Tante zur Konfirmation einen Schminkkoffer geschenkt bekommen. Darum habe ich sie immer beneidet. Da war alles drin. Cremes und Gesichtswasser und Nagellack und Wimperntusche und Rouge und Lidschatten. Lidschatten in allen Farben. Meine Mutter hätte das nie erlaubt, daß ich so angemalt auf die Straße oder in die Schule ging. Bes Mutter hatte nichts dagegen. Be hatte damals auch schon Busen.

Be reagiert ein bißchen zu heftig auf meine Frage. Was soll schon dahinterstecken, giftet sie mich an. Dabei äfft sie mich nach, in der Art, wie sie das Wort *dahinterstecken* ausspricht. So komisch überbetont. So habe ich das natürlich gar nicht gesagt, sondern ganz normal, wie man so etwas eben sagt, wenn man sich nichts dabei denkt. Aber jetzt denke ich mir was dabei, nämlich, daß da tatsächlich etwas dahintersteckt, und zwar mehr, als ich bisher geglaubt habe. Hinter der Geschichte mit Bes Auszug und der Trennung von Karl.

Ich kenne Be. Ich weiß, daß sie ein schlechtes Gewissen hat und deshalb einen Streit mit mir anfangen will, damit ich verärgert bin und das Thema erledigt ist. Aber den Gefallen tu ich ihr nicht.

Wenn Be ein schlechtes Gewissen hat, dann wird sie nicht kleinlaut wie die meisten Leute, sondern sie beschimpft einen. Wenn man sich zum Beispiel mit ihr verabredet an einem Samstagmorgen um elf, und ich frage sie noch vorher, ob das nicht zu früh für sie ist, weil ich weiß, daß sie am Abend vorher auf eine Party geht, sagt sie fast beleidigt, nein, auf keinen Fall, und sie will da sowieso nur kurz hin und trinken schon gar nicht.

Wenn sie dann zwei Stunden zu spät zur Verabredung kommt, beschimpft sie einen, daß man sich das doch hätte denken können, daß es später wird, wenn sie auf eine Party geht. Ich würde sie doch kennen, und wenn sie sagt, daß sie nicht lange bleiben will und trinken sowieso nicht, dann sei es doch klar, daß sie erst morgens um fünf nach Hause kommt. Dann werde ich beschimpft, weil sie zu spät kommt. Ich habe damals noch versucht, ihr vernünftig den Fall auseinanderzulegen. Ich habe ihr gesagt, daß sie gerade ihre eigene Entmündigung eingeleitet hätte. Darauf ist sie gar nicht eingegangen. Sie hat mich weiter beschimpft, weil ich mich um diese schwachsinnige Zeit mit ihr verabreden wollte. Dabei war auch noch SIE es, die mich unbedingt sehen wollte, um wieder irgendwelchen Seelenmüll loszuwerden, und ich hatte ihr noch dazu angeboten, die Uhrzeit nach hinten zu verlegen.

Ich lenke ein und bleibe freundlich, was sonst gar nicht meine Art ist. Das überrascht sie. Ich sage, sie müsse zugeben, daß es ungewöhnlich ist, wenn man jemanden fast sein ganzes Leben nur geschminkt kennt und nicht anders, und dann sieht man diejenige zum ersten Mal ohne Schminke. Da wird man doch mal fragen dürfen, sage ich und füge zur Versöhnung dazu, daß sie wirklich gut aussieht, so ohne Schminke.

Be ist das Thema unangenehm. Sie steht auf und geht in die Küche und kommt ewig nicht mehr zurück. Wahrscheinlich hofft sie, daß ich inzwischen an etwas anderes denke und das Thema erledigt ist. Da täuscht sie sich.

Ich öffne uns zwei Bier, damit sich die Situation erst mal entspannt. Wenn Be mich so offiziell zum Essen einlädt und sich noch dazu so eine Mühe damit macht, hat das bestimmt seinen Grund, und den wird sie mir noch sagen. Deshalb warte ich ab und dränge sie nicht mehr und hoffe, daß das Bier das seine dazu tun wird. Dabei ärgere ich mich, daß ich nicht mehr gekauft habe, weil das Bier schon fast alle ist und Be noch nicht einmal im Ansatz entspannt.

Sie schüttet das Bier hinunter, wie die anderen zuvor, mit wenigen Zügen. Stellt die leere Flasche auf den Tisch und macht gleich die nächste auf. Sie hätte lange nichts mehr getrunken, sagt sie. So sieht das aus, sage ich. Be bleibt ernst und sagt, sie würde eigentlich nicht mehr trinken. Das Rauchen hätte sie auch aufgehört und zündet sich eine von meinen Zigaretten an. Ich will uns einen Kaffee machen, da sagt sie, daß sie auch keinen Kaffee mehr trinkt. In ihrem Leben hätte sich einiges verändert. Das kommt mir auch so vor.

Seitdem ich Be kenne, von den Kinderjahren abgesehen, schminkt sie sich und ist kaffee- und zigarettensüchtig. Mit Be habe ich meinen ersten Kaffee getrunken und meine erste Zigarette geraucht. Ich kenne Be nicht anders als mit einer Kippe in der einen Hand und einer Kaffeetasse in der anderen. Abgesehen von einem Bier oder einem anderen Getränk. Und mit schwarz bemalten Augen und roten Lippen. Das ist Be.

Das war Be. Ich frage jetzt nicht mehr. Ich schweige und schaue sie an und warte auf eine Erklärung. Und Be weiß, daß sie mir jetzt einiges erklären muß. Sonst hätte sie mich nicht eingeladen.

Seitdem ich Be kenne, hat sie sich immer wieder von einem auf den anderen Tag verändert, aber das hier übersteigt alles. Das weiß sie auch. Be wurde über Nacht von Bärbel zu Babsi, dann zu Barbara und zu Be. Be wurde von einem Tag auf den anderen erwachsen, Stadtmensch und noch vieles mehr. Aber dabei hat sie sich nicht wirklich geändert. Sie sah anders aus und hat ihre Wohnung anders eingerichtet und hatte andere Freunde, aber sie war immer noch Be, die Kette geraucht hat und kaffeesüchtig war, mit der man immer ordentlich einen heben konnte und die ihren Spaß haben wollte. Das stand immer an erster Stelle.

Ich bin mir nicht sicher, ob sie das immer noch will, und ich glaube, Be ist sich da auch nicht sicher, so wie die meine Zigaretten einatmet und das Bier hinuntergießt. Das stinkt zum Himmel. Be weiß das, und ich sitze da und warte auf eine Antwort.

Ein Kind schreit, und Be geht in das andere Zimmer hinein, um es zu beruhigen. Ich stehe auf und schaue mich in der Wohnung um. Das heißt, ich sehe mir das

Bücherregal an. Damit bin ich ziemlich schnell fertig, weil nämlich nichts drinsteht. Außer etlichen Reiseführern und dem üblichen Käse, Steuerratgeber, Fotobände, Böll und eins von Kafka und eins von Sartre. Es gibt keine Platten, nur CDs, und weil die in einem CD-Ständer stehen, diese schmalen Türme aus Metall, die es bei Rahaus gibt und in jedem schlechten Einrichtungshaus, erspare ich mir das Elend, die durchzusehen. Es genügt, was ich sehe. Elton John und U2.

Bes CDs liegen auf dem Boden, eine helle Auslegware. Mit der Auslegware lag ich nicht so falsch, nur daß die hier nicht verschimmelt ist. Im Gegenteil, völlig fleckenlos. Ich freue mich an dem Gedanken, wie die Bude hier aussehen wird, nachdem Be mit den Kindern zwei Jahre darin gewohnt hat. Ich suche in Bes CDs herum und lege eine CD von Stereolab in die Minicompaktanlage.

Im Schlafzimmer oder Kinderzimmer höre ich immer noch ein Kind weinen und Be, wie sie leise auf das Kind einspricht. Das rührt mich, Bes leise Stimme, das Kinderweinen, in dieser Wohnung, die keine Seele hat. Von einer Gabriella, die hier saß und Elton John gehört hat und dazu Fotobände durchgeblättert hat oder Reiseführer, um einen Platz auf dieser Welt herauszusuchen, an dem es besser ist als hier auf ihrem Sofa, wo sie schlechte Musik hören muß und in langweiligen Fotobänden herumblättern. Anstatt zu begreifen, daß sie nichts anderes zu tun hat, als sich ein anständiges weißes Eßgeschirr zu kaufen und anständige Bücher und Platten. Ich kenne diese Wohnungen. Ich habe mich schon immer gefragt, was Menschen in diesen Wohnungen machen. Wahrscheinlich nichts anderes als schlafen und fernsehen.

Im Kinderzimmer ist es jetzt leise, aber Be kommt nicht zurück. Ich setze mich wieder an den Tisch, weil ich denke, daß Be bestimmt sauer wird, wenn sie sieht, wie ich hier herumschnüffle, so empfindlich, wie die auf alles hier reagiert. Deshalb verkneife ich mir auch etwas zu sagen, über die Bücher und alles, als Be wieder herauskommt. Be blinzelt, und ihre Augen sind ganz klein, weil sie aus dem dunklen Zimmer kommt. Sie sieht aus, als hätte sie geschlafen. Sie macht das Licht aus und zündet die Kerzen an, die in einem sechsarmigen Leuchter auf dem Tisch stehen. Auch darüber sage ich nichts. Ich sage die ganze Zeit nichts und Be auch nicht. Ich sitze nur ganz still auf meinem Stuhl und sehe ihr zu, und als sie fertig ist und alle Kerzen angezündet hat, trägt sie die Teller hinaus und die Schüsseln.

Ich sehe, daß Be Hausschuhe trägt. Noch dazu karierte. Das hat sie noch nie gemacht. Be hat mich immer ausgelacht, weil ich mit Hausschuhen in meiner Wohnung herumlaufe. Hausschuhe sind das letzte, hat sie immer gesagt. Hausschuhe würden für alles das stehen, wogegen man sein Leben lang ankämpfen muß. Nämlich gegen bierbäuchige Behäbigkeit und Rückzug aus dem Leben. Außerdem wären sie absolut unsexy.

Das war Bes wichtigstes und einziges Kriterium. Was sexy war, war gut und alles andere schlecht. Deshalb lief sie auch zu Hause immer auf Absätzen herum und hat sich nie abgeschminkt. Und darin war Be konsequent. Be hat man nie mit etwas oder bei etwas erwischt, das

unsexy war. Nicht einmal mit einer ausgeleierten Frot-
teeunterhose, weil die anderen in der Wäsche waren. So
was hatte sie gar nicht. In Bes Kleiderschrank befand
sich garantiert kein Kleidungsstück, das unsexy war.
Nicht einmal solche, die nur einen Zweck erfüllen, zum
Beispiel den, zu wärmen.

Wenn Bes Unterwäsche schmutzig war, dann trug sie
eben keine. Und wenn es draußen so kalt war, daß es
einem ohne lange warme Unterhosen die Beine abge-
froren hat, dann blieb Be zu Hause, hat die Heizung
hochgedreht und sich mit einem kurzen Hemdchen ins
Bett gelegt und von Karl bedienen lassen.

An Tagen, die nicht sexy waren, weil es kalt oder grau
und naß war, ist Be nie hinausgegangen. Nicht einmal,
als es Karl noch nicht gab.

Be kommt mit der Proseccoflasche und zwei langstieli-
gen Sektgläsern zurück, über die ich auch nichts sage.
Ich kann es mir nicht verkneifen, ihr demonstrativ auf
die Füße zu schauen. Das ignoriert sie. Be setzt sich hin
und macht die Flasche auf. Der Korken knallt, obwohl
sie sich Mühe gibt, daß er das nicht tut. Ich denke, jetzt
kommt's, und sie schenkt uns die Gläser ein.

Be trinkt das Glas aus und rülpst. An ihren Augen sehe
ich, daß sie betrunken ist. In meinem Leben hat sich einiges verändert, sagt sie. Du wiederholst dich, sage ich.

Be sagt, ich habe Karl wegen einer Frau verlassen. Sie
sagt, sie liebt eine Frau. Das verstehe ich erst nicht, obwohl es da nichts zu mißverstehen gibt. Be liebt eine
Frau.

Be, die ihr ganzes Leben lang nur hinter Schwänzen her war, in deren ganzem Leben es sich immer nur um Schwänze und um nichts anderes gedreht hat, will von Schwänzen nichts mehr wissen. Be!

Das kann ich nicht glauben. Diese Frau heißt Petra. Be war damals mit ihr auf dem Land. Da hat alles angefangen. Mir fällt mein Traum wieder ein, mit der fetten Lesbe, in der Nacht, als Be auf der Straße geschrien hat. Als hätte ich das geahnt. Die fette Lesbe. Und Be. Nicht ich, sondern Be. Das fasse ich nicht. Be mit einer Frau.

Was machen die, denke ich mir. Binden die sich Gummischwänze um und ficken sich gegenseitig? Ich stelle mir Be vor, auf der Schaukel, wie sie von der fetten Lesbe mit Gummischwänzen penetriert wird. Ist das ekelhaft. Und dazu diese Wohnung. Ich kann gar nichts anderes, als so blödes, ekelhaftes Zeug denken.

Ich muß auch daran denken, wie ich und Be, als Kinder, noch ganz klein, Sex hatten. Wir haben uns ausgezogen und in meinem Kleiderschrank eingesperrt und uns befummelt. Glaube ich. Was wir genau da drin gemacht haben, weiß ich nicht mehr, weil es dunkel war. Zu dunkel, um sich daran zu erinnern.

Ich muß auch daran denken, wie Be mich naßgeweint hat, an meiner Schulter, wegen Will. Damals ging es gar nicht um Will, erfahre ich jetzt. Es ging nie um Will, immer nur um Petra.

Das kränkt mich jetzt, im nachhinein, daß Be mich belogen hat. Daß sie mir nicht von Anfang an die Wahrheit gesagt hat, weil ich mir das damals wirklich zu

Herzen genommen habe, diese Geschichte mit Will, und jetzt stellt sich heraus, daß alles gelogen war.

Das war das letzte, was sie mir erzählt hatte. Die Geschichte mit Will. Das war mehr eine Bettgeschichte, aber Be denkt, daß es in der Liebe in erster Linie darauf ankommt, daß man Spaß im Bett hat.

So ist Be. Die kann den Kopf nicht vom Unterleib trennen und das Herz auch nicht. Anstatt Spaß zu haben und den Mund zu halten und zu warten, bis es wieder vorbeigeht, denkt die, wenn sie mit einem Spaß im Bett hat, muß sie ihn lieben, weil es in der Liebe erst mal darauf ankommt.

Deshalb hat sie geglaubt, Will mehr zu lieben als Karl, weil sie mit Will mehr Spaß hat im Bett als mit Karl.

Be hat gesagt, ich wüßte nicht, wie das ist, immer mit demselben Mann zu schlafen. Jeden Handgriff wüßte man schon im voraus, das wäre wie ein Butterbrot schmieren oder einen Truthahn tranchieren.

Dabei hat Be noch nie im Leben einen Truthahn, nicht einmal ein Hähnchen zerlegt, das zeigt wieder einmal, daß Be gar nicht weiß, wovon sie spricht.

Ich kann mir nichts Besseres vorstellen, als immer mit demselben Mann zu schlafen. Dem Mann, den man liebt. Wenn man weiß, jetzt küßt er mich gleich auf den Hals, und dann legt er seine Hand da hin, und dann dorthin. Und danach ißt man zusammen ein Butterbrot oder schaut sich einen Film im Fernsehen an, und er legt mir eine Decke um die Schultern, weil ich immer kalte Schultern habe.

Be sagt, ihre Verzweiflung war echt. Sie hatte sich in Petra verliebt, nur das hätte sie mir nicht sagen können. Damals noch nicht, als das alles neu für sie war und sie selbst nicht wußte, was sie davon halten sollte.

Aber jetzt weißt du das, ja? frage ich sie. Keife ich sie an. Ich bin jetzt richtig wütend über dieses ganze verlogene Getue, dieser ausgedachte Lebensentwurf, der nichts mit Be zu tun hat. In keiner Weise. Ich frage sie, ob es das ist, was sie will. In dieser seelenlosen Wohnung sitzen ohne Alkohol und Zigaretten, Kaffee auch nicht, in karierten Hausschuhen und Wollpullovern Bildbände zerblättern und dabei U2 hören.

Ich schreie Be an, wie sie alles, ihr ganzes bisheriges Leben, derart verraten kann. Bei Karl angefangen. Daß sie unglaubwürdig ist wie nichts.

Be und sich in eine Frau verlieben. Die müßte einen Riesenschwanz haben, die Frau, in die Be sich verliebt. Schon wieder denke ich an die Gummischwänze, und mir wird schlecht. So ein Elend. So eine elende, verlogene Scheiße.

Dann redet Be. Mit einer leisen, ruhigen Stimme spricht sie auf mich ein. Dieselbe Stimme, mit der sie gerade das weinende Kind beruhigt hat. Sie sagt, sie möchte, daß ich Petra kennenlerne. Dann würde ich sie verstehen, da wär sie sich ganz sicher. Das wäre eine Sache, die Liebe zu Petra. Das hätte nichts damit zu tun, daß sie ihr Leben ändern würde. Da wäre eins zum anderen gekommen. Ich sollte Geduld haben, dann würde ich das alles verstehen. Sie hätte sich nicht verändert, im Gegenteil. Ihr Leben hätte sich verändert, aber derart, daß sie sich selbst näher gekommen sei. Auch wenn das nicht so aussieht, wäre sie mehr sie selbst, als sie jemals gewesen ist. Ihr ganzes bisheriges Leben, mit den Männern und allem, das wäre nur der Weg gewesen, den sie gehen mußte, um zu erkennen, was sie wirklich will. Alles das, was sie und ich bisher für Be hielten, war genau das, was sie nicht war und nie sein wollte, aber so sein mußte, um zu erkennen, daß sie das nicht ist. Sie hätte sich immer vor sich selbst und allen versteckt. Oder so ähnlich.

Ich bin schon zu betrunken, um dem zu folgen, und Be, die auch ziemlich blau ist, erscheint mir völlig nüchtern. Ich bin merkwürdig benommen von Bes leisem, eindringlichem Gerede. Wie ein kleines Kind, will nur noch schlafen und aufwachen, und alles soll ein Traum sein.

Be sagt, ich soll bei ihr übernachten, sie richtet mir das Sofa, dann können wir morgen weitersprechen. Mir ist alles recht. Ich will nur noch schlafen. Be holt Bettwäsche und bezieht das scheußliche Sofa, das man ausklappen und aus dem man ein Bett machen kann.

Mir ist schlecht, ich habe rasende Kopfschmerzen. Die kommen vom Prosecco. Ich weiß, daß ich immer Kopfschmerzen von Sekt bekomme, trotzdem habe ich die Flasche geleert. Fast alleine, weil ich so fassungslos war, immer noch bin.

Ich lege mich aufs Sofa, und Be deckt mich zu wie ein Kind und streichelt mir über den Kopf. Ich stelle mir vor, wie sie mit der fetten Lesbe über mich herfällt, mit Gummischwänzen überall, und schlafe ein.

6

rot

Petra ist wunderschön. Als ich die Augen aufmache, steht sie vor mir, und ich glaube, ich träume und sie ist eine Märchenfee oder so was. Ich brauche ziemlich lange, bis ich wach genug bin zu begreifen, daß sie aus dem richtigen Leben ist. Mein Kopf hämmert, meine Augen drücken, ich rieche wie eine Bierflasche mit einer Kippe drin, und vor mir steht so ein Zauberwesen.

Jetzt kommt Be und legt den Arm um ihre Schultern und strahlt und lächelt mich an, und das Zauberwesen lächelt mich auch an. Lächerlich ist das, denke ich mir, wie die auf mich ausgedrückte Kippe herunterlächeln. Ich ziehe mir die Decke über den Kopf, unerträglich ist das, und ich höre Be lachen, und sie sagt, laß dir Zeit, wir frühstücken in der Küche, und sie gehen hinaus, und ich höre sie in der Küche reden und lachen und Frühstücksgeräusche machen.

Ich gehe ins Bad und lasse mir eine Wanne ein mit einem Schaumbad, das herumsteht. Ich denke noch einmal den gestrigen Abend durch und was Be gesagt hat und daß das wahrscheinlich Petra ist, das Zauberwesen, mit der sie in der Küche sitzt und auf mich wartet.

Ich denke, und wo ist die fette Lesbe? Die wird Be umbringen, wenn sie das rauskriegt, daß Be mit diesem Zauberwesen...

Aber das ist Unsinn, weil das Zauberwesen ist die

fette Lesbe. So muß das sein. Ein und dieselbe Person, das will nur nicht in meinen Kopf hinein. Ich überlege mir, wie ich den beiden möglichst unbefangen entgegentrete, so als wäre es das Normalste, daß die beste Freundin auf einmal mit einer Frau schläft. Be schafft es immer wieder, denke ich mir und trockne mich ab. Auf der Ablage steht ein Wecker, auf dem ist es schon kurz vor zwölf. Ich habe das Gefühl, als hätte ich keine Stunde geschlafen. Ich putze mir die Zähne mit Bes Zahnbürste, vielleicht ist es auch Petras Zahnbürste, und ziehe meine stinkenden Kleider an. Obwohl sich Be nicht mehr schminkt, liegen haufenweise Schminkstifte herum. Das beruhigt mich.

Dann gehe ich in die Küche. Da sitzen die beiden, und als ich reinkomme, hören sie auf zu reden und lächeln mich wieder an. Das Gegrinse geht mir auf die Nerven. Ich setze mich hin, und Be schenkt mir eine Tasse Tee ein. Das ist Pit, sagt sie und lächelt das Zauberwesen an, das wieder zurücklächelt. Ich frage blöde: *Pit?* Da sagt Pit, ich heiße eigentlich Petra, und ich denke: *Aber Freunde nennen mich Pit, du kannst gerne Pit zu mir sagen.*

Wenn sie das gesagt hätte, hätte ich ihr gesagt, daß ich nicht ihre Freundin bin und auch nicht werden will, aber sie sagt sonst nichts weiter, sondern lächelt ihr Engelslächeln und zeigt ihre bezaubernden Zähne, die in der Mitte eine kleine Lücke haben, wie die von Madonna.

Pit sieht ziemlich genau aus wie die Sängerin von *No Doubt* und hat genau so blonde Haare wie sie, in dem

Video mit dem Apfel oder der Orange, wo sie einfach umwerfend aussieht. Auch die Frisur ist so ähnlich mit einem Seitenscheitel, der mit kleinen goldenen Haarklemmen festgeklippt ist. Dazu hat sie braune Augen und einen Porzellanteint, der aus sich heraus strahlt. Und ein bezauberndes Muttermal unter dem linken Auge. Ihr Mund ist dunkelrot geschminkt, und als sie von ihrer Semmel abbeißt, sehe ich, daß ihre Nägel in der gleichen Farbe lackiert sind.

Ich schaue Be an, die hat nur Augen für Pit. In ihren Augen ist ein derart liebevolles und stolzes Leuchten, wie ich es nie zuvor an ihr gesehen habe. Ich meine, ich habe noch nie gesehen, daß Be einen Mann derart anschaut, egal wie verliebt sie in den war.

Be ist geschminkt. Anders, als ich es von ihr gewohnt bin. Die Augen fast gar nicht, aber ihre Lippen sind dunkelrot, so rot wie Pits Lippen.

Ich schaue von Be zu Pit und von Pit zu Be und finde, daß die beiden hübsch zusammen aussehen. Ich meine, sie passen gut zusammen. Wenn man sie nebeneinander sieht, dann sieht jede einzelne von ihnen noch schöner aus, weil die Schönheit der anderen auf sie abstrahlt und die eigene ergänzt. Fast werde ich eifersüchtig auf diese Einheit.

Sie sehen aus, wie zwei beste Freundinnen aussehen müssen, wenn sie alle Männer auf dieser Welt verrückt machen wollen. Nur daß sie genau das am wenigsten interessiert. (Oder genau das ist Bes Absicht, das würde passen, daß sie ein Verhältnis mit einer Frau anfängt, um alle Männer auf dieser Welt verrückt zu machen.)

Bes blonde Haare sind fast ganz herausgewachsen und nur noch an den Spitzen blond. Schneeweißchen und Rosenrot, denke ich mir. Ich komme mir überflüssig vor, aber um kein Aufsehen zu machen, frühstücke ich, bevor ich gehe.

Be sagt zu mir, wir fahren mit Pit aufs Land. Du hast doch nichts vor, oder?

Wir sitzen in Pits Auto. Ein goldener Mitsubishi Colt. Normalerweise achte ich nicht auf Automarken. Ich merke nicht, ob ich in einen Opel oder Audi einsteige. Mercedes schon. Diesmal fällt es mir sofort auf. Keine Ahnung, warum.

Das heißt, Be und Pit sitzen in Pits Auto, und ich sitze auf der Rückbank mit angezogenen Knien.

Ich bereue meine Entscheidung, mitgefahren zu sein. Jetzt hänge ich fest. Es gibt kein Zurück mehr, das heißt, noch gibt es ein Zurück, später auf dem Land nicht mehr. Ich bräuchte nur zu sagen: Laß mich an der nächsten Ecke raus, und sie würde anhalten, und ich würde in die U-Bahn steigen und nach Hause fahren. Heilfroh über meine wiedererlangte Freiheit, und ich wär raus aus dem ganzen Schlamassel. Mit dem ich nichts zu tun haben will. Ich weiß gar nicht, was die von mir wollen.

Futter für die fette Lesbe soll ich sein. Sie bringen mich zu ihr, damit sie Be freigibt und mit mir vorlieb nimmt. Mein Traum wird doch wahr!

Halt! schrei ich. *Anhalten! Sofort! Raus!*

Damit ich mich nicht überflüssig und abgeschoben fühle auf meiner Rückbank, hat Be sich seitlich in ihren

Sitz gesetzt, so daß sie die Tür im Rücken hat und Pit und mich gleichzeitig anschauen kann. Sie versucht, ein Gespräch in Gang zu bringen, und wiederholt mir alles, was Pit gesagt hat, weil ich da hinten fast nichts verstehe, weil das Auto so laut ist. Das ist so rührend bemüht, daß ich es nicht wage, auszusteigen. Ich möchte auch nicht, daß Be denkt, ich wäre spießig und verklemmt und hätte Vorurteile gegen Lesben. Ich weiß, daß Be so von mir denkt, und gerade, weil sie so von mir denkt, rührt es mich, daß sie mich ins Vertrauen gezogen hat und daß ihr soviel daran liegt, daß ich an ihrem neuen Leben teilnehme und sie verstehe, und deshalb will ich sie nicht enttäuschen.

Be schweigt jetzt, und Pit legt eine Kassette ein. Mit jüdischen Gesängen oder so was ähnlichem. Obwohl ich so Ethnozeug normalerweise nicht leiden kann, gefällt mir die Musik. Ich lehne mich zurück auf meiner Rückbank und mache die Augen zu. Ich fühle mich wohl und aufgehoben, friedlich ist das richtige Wort, und bin gelassen, egal was kommt. Ein bißchen so ein Gefühl, wie man es bei diesen Wurschtigkeitsspritzen hat, die man im Krankenhaus vor einer Operation bekommt. Eine tiefe innere Ruhe, die nichts auf dieser Welt erschüttern kann, aber das ist wahrscheinlich der Restalkohol.

Wir fahren lange, mehr als eine Stunde, und am Ende bin ich eingeschlafen. Das letzte, an das ich vor dem Einschlafen gedacht habe, ist, was Be mit den Kindern gemacht hat. Aber ich bin zu müde, um sie danach zu fragen. Ich will auch nicht, daß sich meine Frage nach einem Vorwurf anhört: WAS HAST DU MIT DEN

KINDERN GEMACHT? Daß sie denkt, ich könnte denken und es ihr vorwerfen, daß sie wegen ihren lesbischen Liebesausflügen ihre Kinder vernachlässigt. Je mehr ich darüber nachdenke, desto schwieriger ist es, ein unverfängliches Thema anzusprechen. Über Karl können wir sowieso nicht sprechen, über ihr neues Leben auch nicht und über Pit erst recht nicht, weil sie daneben sitzt. Dabei gibt es eine Menge, was ich Be fragen möchte, gerade was Pit angeht.

Ich überlege, worüber wir uns früher unterhalten haben, da konnten wir gar nicht aufhören zu reden, telefoniert haben wir nie unter einer Stunde. Es ging, glaube ich, immer um Jungs oder um Männer. Bes Männer. Oder Bes Befindlichkeiten.

Ich könnte Be nach ihren Befindlichkeiten fragen. Was machen deine Hämorrhoiden? Sind sie besser geworden, seitdem du sie immer heiß abduschst? Das soll ganz falsch sein, habe ich gehört. Kalt muß man die abduschen, dann kriegen sie einen Schreck und ziehen sich zurück. Von heißem Wasser können die gar nicht genug kriegen und kommen immer mehr heraus. Kein Wunder, daß die nicht besser werden. Dazu fällt mir die Geschichte ein von dem, der gehört hat, daß heißes Wasser die Spermien unschädlich macht, und deshalb hat er täglich seine Eier heiß geduscht. Das war sein Beitrag zur Verhütung, und seine Frau, die eine Freundin von mir war, hat heute drei Kinder, wobei zwei davon Zwillinge sind. Der glaubt immer noch, daß seine heiße Eierdusche eine todsichere Methode ist. Das erzählt er jedem, und sie nimmt heimlich die Pille, um ihn nicht zu enttäuschen.

Das war die Art von Gesprächen, wie wir sie gerne und lange geführt haben. Darauf will ich sie jetzt nicht ansprechen in Pits Anwesenheit. Pit ist zwar einerseits eine Frau und man könnte also locker reden, was man unter Frauen so redet, andererseits aber ist sie Bes Geliebte, und ich glaube nicht, daß man vor oder mit seiner Geliebten über Hämorrhoiden sprechen will. Das weiß ich nicht. Vielleicht ist es auch so, daß Frauen deshalb Frauen lieben, weil sie mit denen so toll über alles reden können und die das auch viel besser verstehen, weil sie auch eine Gebärmutter haben und alles.

Schon wieder denke ich so blödes Zeug, dabei will ich ganz unvoreingenommen sein und Be verstehen, aber egal, was ich denke, es läuft immer auf das gleiche hinaus.

Be und ich kennen uns zu lange, um höfliche Konversation zu machen. Wenn ich plötzlich mit dem Wetter daherkommen würde, würde sie gleich denken, daß irgendwas stinkt.

Deshalb sage ich nichts und frage auch nicht nach den Kindern. Be hat sich jetzt auch gerade in ihren Sitz gesetzt und schaut nach vorne aus dem Fenster. Pit fährt und sagt auch nichts. Alle schweigen, und die Juden singen, und ich bin irgendwann eingeschlafen.

7

Angst

Ich wache auf von lautem Hundegebell. Wir stehen auf einer Wiese, auf der Be und Pit mit einem riesigen schwarzen Hund herumlaufen. Ich kann auch ein Haus sehen. Ein Bauernhaus, oder das war es einmal. Das Haus sieht ziemlich heruntergekommen aus. Grau mit abgeblättertem Putz, und im oberen Stockwerk sind die Fenster kaputt. Aber es hat eine schöne Veranda mit Säulen und davor einen verwilderten Garten mit krummen Bäumen.

Der Hund ist ganz wild vor Freude. Er ist groß wie ein Kalb. Ich fürchte mich vor Hunden, deshalb bleibe ich sitzen und warte, bis der Hund wieder an seine Kette gelegt wird oder in den Zwinger gesperrt. Ich ahne, daß es weder eine Kette noch einen Zwinger für diesen Hund gibt.

Be kommt und beugt sich zu mir ins Auto. Wir sind da, sagt sie. Das habe ich auch schon gemerkt. Der Hund ist jetzt hinter ihr und versucht, sich ins Auto zu drängen. Seinen Kopf hat er schon zwischen die Sitzreihen gesteckt, und ich kann seinen heißen, stinkenden Atem spüren.

Nimm das Vieh weg, sage ich zu Be. Ich mache keinen Schritt aus diesem Auto, bevor das Tier nicht an seiner Kette hängt. Be lacht und sagt, das ist Bollo. Nicht Bello, sondern Bollo. Be heißt ja auch nicht Ba, sondern Be. Das ist Bollo, sagt Be noch einmal, und der hat keine Kette und braucht keine Kette, weil er keiner Menschenseele etwas zuleide tut. Bollo ist ein herzensguter Hund.

Das ist mir egal, ob herzensgut oder nicht. Hund ist Hund, und Hunde haben Zähne, und große Hunde haben entsprechend große Zähne. Das weiß doch jedes Kind, daß Hunde kilometerweit riechen, wenn man Angst hat, und das macht die ganz wild, dieser Angstgeruch, deshalb fallen sie den Menschen an, der nach Angst riecht, auch wenn sie herzensgut sind und das gar nicht vorhatten.

Ein Hund riecht jede Angst. Dem kann man nichts vormachen. Und wenn er die Angst riecht, dann ist es vorbei. Und vor Angst, der Hund könnte meine Angst riechen, bekomme ich noch mehr Angst.

Be packt den Hund an seinem Halsband und zieht ihn aus dem Wagen. Sie krault ihn an den Eiern und sagt, Platz, Bollo, und der Hund trollt sich tatsächlich. Ich wußte gar nicht, daß Be so eine Hand für Tiere hat.

Jetzt kommt auch noch Pit und lächelt so schräg nach unten in das Auto, wo ich immer noch auf dem Rücksitz sitze, an die Tür gedrückt. Ich steige aus. Be sagt zu Pit, daß ich Angst vor Hunden hätte. Pit lacht und sagt, ich bräuchte keine Angst zu haben, schon gar nicht vor Bollo, und außerdem würden Hunde das riechen, wenn man Angst vor ihnen hat.

Wir gehen ins Haus. Erst kommt man in einen kleinen Vorraum, da laufen Hühner herum und Katzen. Pit verscheucht die Hühner. Die Katzen dürfen bleiben. Sie zieht ihre Stiefel aus und Filzpantoffeln an. Be tut das gleiche und deutet auf ein Paar Filzpantoffeln, das ich anziehen soll. Es stehen mindestens hundert Paar Filzpantoffeln in diesem Raum herum. Außerdem Reitstiefel und ein Sattel und Zaumzeug.

Mit unseren Filzpantoffeln gehen wir in einen warmen Raum, das ist die Küche, nehme ich an. Be wird sofort ganz geschäftig und schmeißt Kohlen und Holz in den Küchenofen. Man merkt, daß sie hier schon ganz zu Hause ist. Dann füllt sie Katzenfutter aus einer Dose in einen Napf und stellt ihn auf den Kühlschrank. Pit verschwindet, nachdem sie leise etwas zu Be gesagt hat, was ich nicht verstehen konnte. Ich versuche mich auch ganz ungezwungen zu benehmen und setze mich in einen Schaukelstuhl, um nicht länger dumm rumzustehen.

Im Raum ist ein unangenehmes Schweigen, das durch Bes lautes Rumhantieren noch lauter wird. Be fragt mich, ob ich einen Tee möchte. Ein Kaffee wäre mir lieber. Mein Kopf beginnt zu schmerzen und zu hämmern, und das wird jede Sekunde schlimmer.

Be sagt, schade, daß die Kinder nicht dabei sind. Die würden es hier LIEBEN.

Jetzt, wo sie von selbst mit den Kindern angefangen hat, kann ich sie fragen, wo die Kinder sind. Sie sind auf einer Kinderladenreise. Heute morgen abgefahren, für eine ganze Woche. Be sagt, daß ihr jetzt schon ganz komisch ist, daß die Kinder weg sind, schließlich waren die noch nie weg.

Wir reden darüber, wie es ist, Kinder zu haben, und wie man sich erst gar nicht vorstellen kann, daß die jemals einen Schritt alleine machen, und dann passiert das, und man wird ganz krank vor Sorge. Das heißt, Be redet darüber, schließlich sind es ihre Kinder, und ich habe keine und weiß deshalb auch nicht, wie das ist, wenn die zum ersten Mal verreist sind.

Wie Be so vor mir sitzt und von ihren Kindern spricht, ist sie mir wieder ganz nahe. Ich beginne mich zu entspannen, und sogar die Kopfschmerzen lassen nach.

Es ist Be, die von Karl anfängt. Sie fragt mich, wie es ihm geht. Sie denkt oft an ihn, er fehlt ihr, nicht als Mann, als Freund. Aber das möchte sie ihm nicht zumuten, ist schon alles schlimm genug für ihn. Der versteht die Welt nicht mehr. Ich auch nicht, denke ich mir. Der denkt, das hätte etwas mit ihm zu tun, daß sich Be einer Frau zuwendet. Im Gegenteil, sagt Be. Wenn Karl nicht gewesen wäre, dann wäre das schon viel früher passiert. Nur weil er so ein durch und durch anständiger und großartiger Mann ist, hat sie diesen Schritt erst jetzt getan.

Be sagt das so völlig teilnahmslos. Als würde ihr Karl im Grunde am Arsch vorbei gehen, und sie sagt das nur, weil man das so sagt und weil sie denkt, daß ich erwarte, daß sie das sagt und Karl gegenüber Anteilnahme empfindet. Be weiß, wie sehr ich Karl schätze.

Ich schaue Be an, die ist schon wieder ganz woanders und macht sich Sorgen um einen geplatzten Teebeutel. Ich werde nicht schlau aus ihr. Jetzt kenne ich Be schon so lange wie sonst keinen und so gut wie sonst keinen, und trotzdem bleibt sie mir ein völliges Rätsel.

Be war immer leicht zu durchschauen. Ich mußte sie nur ansehen, und ich wußte, was Sache war, weil Be wußte, wenn ich sie so ansah, wußte ich Bescheid, und deshalb konnte sie mir nichts mehr vormachen und gab es auf.

Ich schaue Be an, und sie schaut zurück. Mir blank ins Gesicht. Ich erkenne nichts. Ich muß an diese Sekten denken, an Gehirnwäsche und Persönlichkeitsveränderung. Das muß es sein, das kann gar nicht anders gehen. Jemand muß Be das Gehirn gewaschen haben.

Be lacht mich aus. Ich wäre auch nicht anders als Karl, sagt sie, und der Rest der Welt. Das will keiner verstehen, daß eine Frau von Männern nichts mehr wissen will. Da heißt es gleich, frustrierte Kuh, oder die hat keinen abgekriegt, und wenn das auch nicht zutrifft, dann eben Fremdmächte. Gehirnwäsche und so ein Blödsinn.

Ich schäme mich natürlich ein bißchen, daß ich so was gedacht habe, aber was soll man denn denken, wenn die beste Freundin von heute auf morgen ein anderer Mensch wird. Das muß Be doch zugeben, daß das nicht so einfach zu schlucken ist.

Be sagt, da sieht man wieder mal, wie wenig ich wahrnehme. Sie hätte sich nicht über Nacht verändert, sondern das wäre eine Entwicklung, die sich schon lange abzeichnete. Ich hätte ein beschränktes Wahrnehmungsvermögen. Mein Bild von ihr wäre derart festgefahren, daß ich Veränderungen nicht wahrnehmen würde, sondern erst, wenn sie nicht mehr zu übersehen sind, und dann würde ich mich wundern, daß sie sich über Nacht verändert hätte.

Da bleibt mir die Luft weg. Jetzt weiß ich, daß Be sich kein Stück verändert hat. Daß sie immer noch das gleiche Miststück ist, das sie schon immer war. Daß Be sich nie verändern wird, egal, was passiert. Ob sie es mit Männern oder Frauen, Hühnern oder Pferden treibt, völlig egal.

Dann zeigt mir Be das Haus und mein Zimmer. MEIN ZIMMER. Ich dachte, wir fahren nach dem Kaffee wieder zurück.

Kaffee gibt es nicht. Kuchen auch nicht. Be sagt, sie wollten ein, zwei Tage bleiben. Falls mir das zu lange ist, gäbe es einen Zug zurück. Sie würden mich an den Bahnhof fahren mit dem Auto, und dann müßte ich nur noch drei Mal umsteigen. Ich wußte, es war eine Falle. Gefangen sitze ich hier.

Mein Zimmer ist klein und sehr gemütlich. Liebevoll eingerichtet, ganz in blau. An der Wand hängt ein kleines blaues Bild, ein blauer Stuhl, blaue Vorhänge und blaue Blumen. Die sind nicht echt. Saukalt ist es. Das Bett ist schmal, aus Holz und nur für eine Person. Darauf liegt ein dickes geblümtes Plümo wie ein riesiges Kissen.

Das erinnert mich an meine Kindheit, die Skiurlaube in Brixlegg. Die Schlafzimmer waren nicht beheizt, nur in der Stube gab es einen Kachelofen. Und draußen nie über minus zwanzig. Da mußte man sich ganz klein machen, wie eine Erbse, unter dem Plümo, genau so dick und so schwer wie dieses hier. Und nach und nach konnte man die Beine ausstrecken, immer nur ein bißchen, bis endlich alles unter der Decke angewärmt war. Später habe ich gelesen, daß die Bauern ihre Betten früher mit heißen Ziegelsteinen anwärmten.

Ich frage Be, ob es heiße Ziegelsteine gibt für das Bett. Sie geht hinaus und kommt mit einer Heizung auf Rädern wieder. Sie sagt, wenn ich will, soll ich mich ein bißchen hinlegen – ich denke, sind wir hier im Sanatorium –, sie würde sich auf jeden Fall hinlegen, weil sie heute morgen mit den Kindern aufstehen mußte, ganz früh, also kaum geschlafen hat. Wenn ich was bräuchte, sollte ich mich bedienen, in der Küche steht das Essen, ich soll mich wie zu Hause fühlen. Das werde ich nicht tun. Dann verschwindet sie. Ich habe nichts dabei, womit ich mich beschäftigen könnte. Ich meine, kein Buch oder so was. Nicht einmal eine Zahnbürste habe ich dabei oder eine frische Unterhose.

Damit hat ja auch keiner gerechnet. Ahnungslos bin ich zu einem Abendessen zu Be gegangen, und jetzt bin ich tagelang verschleppt. Ich habe keine Ahnung, wo das hier liegt und wie weit das weg ist von zu Hause.

Ich lege mich auf das Bett. Das ist zu kalt. Ich decke mich zu, grabe mich in das Plümo. Mach mich klein wie eine Erbse. Das ist tröstlich. Ich denke mir, das ist eine Herausforderung. Ein Abenteuer, das es zu bestehen gilt. Daß ich mich darauf einlassen muß. Auf das Unbekannte. Daß mir das Unbekannte, Ungewohnte, immer angst macht. Daß ich alles vermeide, das anders ist, als ich es kenne, und daß deshalb nichts in meinem Leben passiert. Nichts Unvorhergesehenes, das plötzlich in mein Leben bricht und es verändert und mich glücklich macht.

Ich bin nicht müde, und außerdem ist es wirklich saukalt in dem Zimmer. Ich liege hellwach und angezogen unter dem dicken Plümo. Ich will aufstehen und in die warme Küche gehen. Vielleicht liegt da auch etwas zum Lesen herum, oder ich könnte etwas essen. Auf einmal habe ich brüllenden Hunger.

Ich stehe auf und will hinausgehen, da höre ich es an der Tür kratzen und winseln. Das Vieh. Bollo wartet da draußen auf mich. Der hat meine Angst durch die Tür und das dicke Plümo hindurch gerochen. Jetzt, wo alle schlafen, macht er sich über mich her. Er springt an der Tür hoch, er will ins Zimmer hinein. Ich weiß, daß es Hunde gibt, die Türen öffnen können, indem sie auf die Klinke springen. Bollo ist so ein Hund. Ich schmeiße mich gegen die Tür, bevor sie aufgeht. Jetzt bellt er und springt immer wieder gegen die Klinke. Das ist gut, daß er bellt. Davon wachen die anderen auf und bringen ihn zur Vernunft. Aber keiner kommt. Irgendwann verzieht sich der Hund. Ich schiebe den Tisch gegen die Tür, da fällt mir der alte Cowboytrick ein, den man im Fernsehen immer sieht, mit dem Stuhl unter der Klinke, daß man die Klinke nicht mehr herunterdrücken kann. Das geht nicht, die Klinke ist zu hoch. In den Filmen werden wahrscheinlich die Stühle auf Klinkenhöhe gebracht.

Obwohl der Hund weg und auch nicht mehr zu hören ist, trau ich mich nicht mehr hinaus. Ich lege mich wieder ins Bett. Da muß ich jetzt liegen bleiben, bis mich jemand herausholt, denke ich mir. Mein Bauch ist ein brüllendes Loch. Ich werde verhungern oder verdursten oder von dem Vieh zerrissen werden, während es Be und Pit miteinander treiben und mich darüber vergessen. Nach Tagen wird es ihnen einfallen. Sie werden erschöpft vom Liebemachen im Bett liegen, und plötzlich wird es ihnen siedendheiß einfallen. Mensch, AUGUSTA! Augusta ist ja auch noch da! Aber dann wird es bereits zu spät sein.

Ich liege im Bett und lausche, nach Liebesgeräuschen und Hundeschnaufen, aber es ist ganz still im Haus. Ich kann nicht schlafen, dazu ist meine Lage zu verzweifelt. Ich denke nach.

Darüber, daß der größte Dreck, den man mir erzählt, unweigerlich hängenbleibt. Da kann man nichts machen. Einmal gehört, und man wird es nicht mehr los. Da nützt alles bessere Wissen nichts, es ist trotzdem drin in meinem Kopf. Steht da, laut und deutlich. Daß Hunde riechen, wenn man Angst hat.

Oder daß wir für den Asiaten stinken, weil wir so viele Milchprodukte essen. Hat man mir erzählt. Ich weiß nicht mehr, wer oder zu welchem Anlaß, aber das ist für immer hängengeblieben. Immer, wenn ein Asiate neben mir steht, oder einer, den ich für einen Asiaten halte, fange ich an, an mir herumzuschnüffeln. Das riecht für die wie Buttersäure, hat man mir gesagt. Buttersäure ist ein unerträglich ekelhafter Gestank. Wenn das wirklich so ist, daß wir Nichtasiaten und Milchtrinker und Käseesser nach Buttersäure riechen, dann ist der Asiate ein Meister der Verstellung und Selbstbeherrschung, denn

ich habe noch nie einen angewiderten Ausdruck feststellen können, oder daß der Abstand nimmt. Das kann
gar nicht wahr sein, was man mir erzählt hat, weil es
dann kein Asiate aushalten würde in einer westlichen U-
Bahn oder im Kino oder sonst einem Ort, wo viele Menschen zusammenkommen. Ich weiß, daß es nicht wahr
ist, aber trotzdem werde ich den Gedanken nicht los. Er
steht sofort da, wie eine Eins, groß und deutlich, sobald
ein Asiate in meiner Nähe auftaucht, und ich fange an,
an mir herumzuschnüffeln. Hilft alles nichts.

Genauso wie der Blödsinn mit den Hunden.

Dabei habe ich gar keinen Grund, mich vor Hunden
zu fürchten. Ich bin nie von einem Hund gebissen worden oder so was. Ich bin sogar mit einem großen Hund
aufgewachsen. Ich hatte nie Angst vor Hunden.

Bis ich einen Freund hatte, der bei jedem Hund, der
ihm entgegenkam, egal wie klein, wie groß, angeleint
oder nicht, die Straßenseite wechselte. Ich mußte mit
ihm die Straßenseite wechseln, schon wenn er von weitem einen Hund sah. Der hat mir erzählt: Hunde riechen das, wenn man Angst hat. Das macht die ganz wild,
und deshalb wechselt er die Straßenseite, damit die
Hunde seine Angst nicht riechen und nicht unnötig wild
werden. Seitdem wechsel ich auch die Straßenseite,
wenn ich einen Hund nur von weitem sehe.

Das ist so erbärmlich, wie ich hier herumliege. Erbärmlich ist gar kein Ausdruck. Das Wort muß erst noch erfunden werden, das diesen Zustand hinlänglich beschreibt. Ich bin auf der tiefsten Stufe meines Lebens

angelangt. Noch nie war ich so weit unten. Um mir jemals wieder ins Gesicht sehen zu können, muß ich jetzt aufstehen, sofort, und in die Küche gehen oder sonstwo hin. Nur raus aus dieser Kammer. Und das mache ich auch.

Ich stehe auf und gehe hinaus, den Flur entlang bis ans Ende, wo die Küchentür ist, die mache ich auf und gehe hinein. In der Küche ist es warm, und ein großer Kühlschrank steht darin. In der Ecke liegt Bollo in einem riesigen Körbchen, eher ein Korb. Er hebt müde den Kopf und schläft weiter. Ich gehe zum Kühlschrank und hole alles heraus, was man essen kann. So einfach ist das. Es ist nichts so schlimm, wie man sich das vorstellt. Das weiß man immer hinterher.

Zu essen gibt es Toast und verschiedene vegetarische Pasten aus dem Bioladen und billigen Käse. Junger Gouda und Brie und noch so ein Butterkäse. Das ist mir egal, ich habe einen Riesenhunger und esse alles. Sogar Leberwurst und fingerdicken Kochschinken, aber Wurst gibt es hier nicht. Ich esse fünfzehn Toasts mit verschiedenen Pasten, die sind gar nicht übel. Ich bin ganz froh, daß ich alleine hier in der Küche bin und die anderen schlafen. Da kann ich mich in Ruhe umsehen und eingewöhnen. Das geht immer schlecht, wenn jemand dabei ist. Sich in einer fremden Umgebung zu entspannen.

Auch Bollo macht mir keine Sorgen mehr. Vielleicht bin ich geheilt. Für immer von meiner Hundeangst geheilt, weil ich mich der Angst gestellt habe. Das ist bekannt, daß man eine Angst nur überwinden kann, wenn man sich ihr stellt.

Daß man Leute mit Platzangst in eine überfüllte U-Bahn steckt. Immer wieder, bis sie keine Angst mehr haben. Am Ende fahren sie ohne ein Wimpernzucken zu jedem Stoßverkehr U-Bahn.

Ich habe nie daran geglaubt, daß das hilft. Aber jetzt, wo ich meine Angst überwunden habe, glaube ich daran. Ich fühle mich stark und so, als könnte mich nichts mehr umwerfen und ich könnte alles durchstehen. Das ist erst der Anfang. Ich stehe auf und gehe zu Bollo hinüber und streichle ihm über den Kopf. Er leckt mir über die Hand und schläft weiter.

Oder diese Typen im Fernsehen. Die mit allen möglichen Phobien in die Sendung kommen, und dann müssen sie vor laufender Kamera und hunderttausend Zuschauern ihre Angst ausstehen, und danach sind sie davon geheilt. Angeblich. Am beliebtesten sind die Spinnenphobien. Eine Frau, die schon beim Anblick der kleinsten Spinne vor Angst erstarrt, läßt sich am Ende der Sendung dicke Vogelspinnen auf den Kopf und auf die Arme setzen. Die krabbeln dann auf ihrem Körper herum, einige Sekunden, bis man sie endlich erlöst und die Spinnen wieder herunternimmt. Glücklich sieht die Frau nicht aus, mit den Spinnen überall. Angstfrei auch nicht, aber sie läßt das immerhin mit sich machen.

Aber wahrscheinlich, ziemlich sicher sogar, ist das mehr eine Geschichte darüber, was Menschen alles anstellen und mit sich anstellen lassen, für Geld, ein Reihenhaus und einen Fernsehauftritt. Dabei spielt es auch fast keine Rolle, ob jemand eine Spinnenphobie hat oder nicht, weil es so ziemlich für jeden Menschen das allerletzte ist, sich dicke haarige Vogelspinnen über den Körper laufen zu lassen. Ich meine, da müßte man mir schon SEHR viel Geld bezahlen. Hahaha.

Es gibt sogar eine Show, in der Menschen die Ängste ihrer besten Freunde verraten. Dann kommt das Fernsehteam zu dem, Überraschung, und bringt ihn vor laufender Kamera in die für ihn entsetzlichste Lage. Gemeineres kann man sich kaum vorstellen. Dem schlimmsten Feind würde ich das nicht antun. Aber der Freund macht seinem Freund damit eine Riesenfreude und tut ihm einen großen Gefallen, weil er ihm einen Fernsehauftritt verschafft. Egal wie kläglich. Und der Freund wird ein für allemal von seiner Angst befreit, denkt er.

Sicher ist, daß der mit der Angst niemanden jemals von seiner Angst wissen lassen wird. Vor allem nicht den besten Freund.

Da hört sich doch alles auf. Menschen, die sich vor einer Million Zuschauer erniedrigen, auf den Boden schmeißen, Scheiße fressen, für hunderttausend Mark, und am Ende paßt der Schlüssel nicht in das richtige Schloß, Pech gehabt, war schön, daß ihr dabei wart. Ein Trost bleibt, das war Fernsehen, eine Million Zuschauer haben das Winseln gesehen.

Jetzt, wo es warm ist und mein Magen gefüllt, werde ich müde. Bollo träumt irgendwas und zappelt mit den Beinen. Ich lege mich auf das Sofa neben den Ofen und mache die Augen zu. Ich will gar nicht schlafen, nur ruhen, und ich merke, wie das Land bereits auf mich wirkt, wie ich innerlich ruhiger werde, aber vielleicht hängt das auch mit der vorangegangenen Anspannung zusammen. Ich schließe also die Augen, und als ich sie wieder aufmache, schneit es. Dicke Flocken fallen weiß vors Fenster, es hört gar nicht auf. Ich schaue aus dem Fenster, und es sieht aus, als hätte es tagelang geschneit und ich hätte tagelang geschlafen, dabei habe ich gar nicht geschlafen, nur kurz geruht und die Augen geschlossen.

Ich gehe hinaus in den Schnee. Der Hund springt um mich herum und versucht, nach den Schneeflocken zu schnappen. Tatsächlich ist alles weiß zugedeckt. Schnee ist in der Luft, auf dem Boden, es riecht nach Schnee, alles strahlt hell, obwohl es fast schon dunkel ist.

Ich gehe einen schmalen Feldweg entlang, immer geradeaus. Über das Feld, eine kleine Brücke über einen kleinen Fluß und dann weiter über Felder. Alles weit und flach hier, und weiß. Ich laufe und laufe, mache nichts anderes als laufen. Dann wird es dunkel.

Weil der Hund bei mir ist, habe ich mir keine Gedanken über das Zurückkommen gemacht. Jetzt, wo es dunkel ist, ist das anders. Ich kann den schwarzen Hund in der schwarzen Nacht nicht sehen. Ich drehe um und laufe meinen Spuren hinterher. Das ist ganz einfach; weil außer mir niemand Spuren in den neuen Schnee gemacht hat und weil alles weiß ist, ist es hell genug, meine Spuren zu erkennen. Alles ganz einfach, denke ich wieder. Jede Angst ist unbegründet, es gibt immer eine einfache Lösung.

Kühn denke ich mir, wie ich mich mit meinem neuen Mut in das Leben schmeißen werde. Fernreisen in ferne fremde Länder, eine Weltumsegelung, in einer großen fremden Stadt leben. Furchtlos drauflosgehen, es wird immer einen Weg geben. Daraus werde ich wachsen, und keiner wird mir jemals etwas anhaben können, weil ich alles gesehen habe und nichts fürchte, weil keine Furcht so groß ist wie die, die man sich vorstellt.

Es wird immer dunkler, und dann passiert es tatsächlich, ich kann meine Spuren nicht mehr sehen.

Ich muß daran denken, als wir Kinder nach dem Schlittenfahren erschöpft und erfroren im Schneesturm nach Hause liefen. Der Weg war zugeweht, alles war zugeweht, wir sanken tief ein, kamen kaum vorwärts. Der Kleinste, der Toni, saß bei seiner Schwester auf dem Schlitten, und wir stellten uns vor, wir würden einen Iglu bauen, uns dicht aneinandersetzen und ein Feuer machen. Den Toni würden wir braten und essen, damit wir nicht verhungern, trinken würden wir den Schnee. Wir sind dann immer weiter gelaufen, und irgendwann kamen Lichter und ein Haus, und das war unser Haus. Wir saßen dann am Ofen und aßen Butterbrote mit Zucker, und der kleine Toni war froh, daß wir ihn nicht haben essen müssen.

Das mache ich jetzt auch, laufe immer weiter, immer geradeaus, so bin ich auch bis hierher gelaufen, immer geradeaus. Ich höre den Hund neben mir schnaufen und laufen, so falsch wird der Weg nicht sein, denke ich mir. Dann laufe ich über etwas, das könnte die kleine Brücke sein, höre ein leises Plätschern, und dann sehe ich schon von weitem die Lichter, das Haus. Wie tröstlich so ein Licht im Dunkel ist, das kennt man nur aus Märchen, aber es ist so. Jetzt, wo das Ziel vor mir liegt, beginne ich meinen Nachtspaziergang zu genießen. Laufe langsam und ziehe die Schneeluft scharf durch die Nase.

Ich laufe auch langsam, weil ich mir vorstelle, daß Be und Pit in diesen Lichtern in der warmen Küche sitzen, mich nicht finden konnten im ganzen Haus und beginnen, sich Sorgen zu machen. Wo ich bin, wo ich hingegangen bin im Dunkeln, und ein schlechtes Gewissen haben, weil sie mich erst mitgenommen haben und dann allein gelassen, in einer kalten Kammer mit einem Hund, wo sie doch wußten, daß ich vor dem Angst hatte, und sich ins Bett gelegt haben, ohne sich zu kümmern.

Kurz denke ich daran, gar nicht zurückzukommen. Aber es ist kalt und dunkel, und meine Füße sind kalt und naß, weil meine Schuhe nicht für Schneespaziergänge gemacht sind, weil ich sie angezogen habe, um zu einem Abendessen zu gehen, und nicht, um im Dunkeln im Schnee herumzulaufen.

Be und Pit sitzen tatsächlich in der Küche und noch eine Frau und noch ein Mann. Sie sehen gar nicht besorgt aus, als ich aus dem Dunkeln hereinkomme, völlig durchgefroren. Als wäre es üblich, nachts im Schnee herumzulaufen. Das machen die wahrscheinlich alle naslang, denke ich mir. Das gehört noch zu den leichtesten Übungen. Mir fällt dann auch nichts anderes ein, als zu sagen, *es schneit.*

So hatte ich mir meinen Auftritt nicht vorgestellt, aber ich hatte mir das alles anders vorgestellt. Be und Pit aufgelöst vor Sorge, und auch nicht, daß noch andere

Leute hier herumsitzen. Die beachten mich nicht weiter, schauen nicht einmal auf, die Frau nicht von ihrem Strickstrumpf und der Mann nicht von seinem Buch.

Be und Pit tun auch so, als ob die gar nicht da wären. Sie sitzen vor Tellern mit Nudeln, die anderen essen nichts und fragen mich nur, ob ich Hunger habe. Ich hole mir einen Teller mit Nudeln und Soße und setze mich zu ihnen. Die Nudeln schmecken, als hätte Be sie gekocht. Ich frage sie, ob sie die Nudeln gekocht hat, sie nickt stolz, und ich sage, schmeckt gut. Die Soße ist ganz ordentlich, mit Tomaten und Pinienkernen. So wie sich Be die italienische Küche vorstellt. Pit lächelt Be an, und Be lächelt zurück. Dieses milde Gelächel ist nicht auszuhalten. Keiner fragt mich, wo ich war, wie ich zurückgefunden habe, wie ich trotz Hund aus meinem Zimmer gekommen bin, was ich den ganzen Tag gemacht habe. Ich sage auch nichts. Ich schaue auf den Mann, der liest, und auf die Frau, die strickt, damit man mir die vorstellt, aber die tun immer noch so, als ob wir nicht da wären, und Be und Pit tun so, als ob die nicht da wären. Das ist hier alles dermaßen entspannt und easy, daß sich keiner um keinen schert, denke ich mir.

Ein Bier wär' jetzt recht oder drei, aber das gibt es hier nicht. Die Strickfrau hat aufgehört zu stricken und dreht einen Joint, wie ich zu meinem Entsetzen feststellen muß. Ich dachte, so was gibt es gar nicht mehr, so wenig wie besetzte Häuser. So eine richtige Dreiblatttüte mit einem Stückchen gerollten Karton als Filter, dazu drösel sie eine von meinen Zigaretten auf und bröselt stinkendes Haschisch hinein, das sie mit meinem Feuerzeug anbrennt, und am Ende dreht sie ihn zusammen und macht so ein kleines Hütchen, das sie dann sauber abbrennt und herunternimmt.

Ich kann das gar nicht fassen, daß es so was noch gibt, heutzutage, wo man Drogen in sauberen Pillen schluckt oder lässig die Nase hochzieht. Das, was die Frau hier macht, sieht aus wie aus einem Drogenfilm aus den Siebzigern, wie man ihn uns im aufgeklärten Religionsunterricht gezeigt hat, als wir Kinder waren und dachten, Marihuana ist eine gefährliche suchtmachende Droge, weil sie so einen komplizierten Namen hat. Ich meine, so was hat man mal gemacht, vor fünfundzwanzig Jahren in irgendwelchen Sleep-ins in Amsterdam, als man, weit minderjährig, durchgebrannt war von zu Hause. Da war das wild, da war das Abenteuer, sich riesige Gemeinschaftstüten mit dumpfestem Haschisch darin mit anderen Abenteurern zu teilen. Weil man es nicht besser wußte. Wer denkt, er müßte heutzutage immer noch Haschisch rauchen, der dreht sich dezent eine Zigarette und raucht die so, daß es nicht weiter auffällt, und zwar alleine.

Die Strickfrau zündet jetzt die Tüte an, nimmt ein paar tiefe Züge, hält den Rauch fest in der Lunge, läßt ihn nicht heraus, ihr Gesicht wird ganz rot, dann platzt der Rauch mit einem Husten aus ihr heraus, und sie gibt den Joint an Pit weiter. Mir wird eiskalt vor Angst, was jetzt kommt. Der Mann mit dem Buch steht auf und geht hinaus. Ich möchte ihm hinterherlaufen. Ich schaue Be an, verzweifelt, jetzt muß sie mir helfen. Die läßt mich wieder im Stich. Sie nimmt die Tüte, die Pit ihr vors Gesicht hält, und ich sage, ich bin müde von meinem Spaziergang, der nicht interessiert, und stehe auf und gehe hinaus, bevor jemand etwas sagen kann, aber keiner sagt was, weil sie alle nicht reden können mit der Haschluft, die sie in ihren Lungen unten halten müssen.

Mein Zimmer ist jetzt wärmer. In dem Moment, als ich die Tür aufmache, fällt mir ein, daß ich mir etwas zum Lesen mitnehmen wollte aus der Küche, aber ich mag da nicht noch einmal hineinlaufen. Ich lege mich angezogen ins Bett. Es stimmt, daß ich müde bin, zuviel habe ich heute erleben müssen, dem Teufel seinen nackten Arsch gesehen, wie Be zu einem solchen Tag sagen würde, aber das war früher, lange her, jetzt ist alles anders, ich verstehe meine beste Freundin nicht mehr, und sie, die mich verstehen könnte, weigert sich, das zu tun.

Vielleicht ist es wirklich so, daß ich nicht will, daß sich die Dinge verändern, daß ich deshalb Veränderungen nicht wahrnehme, weil ich sie nicht wahrhaben will, und erst, wenn sie unübersehbar sind, stehen sie plötzlich vor mir, die Veränderungen, und werfen mich um. Weil ich sie selbst dann nicht wahrhaben will, wenn sie schon lange wahr geworden sind und es kein Zurück mehr gibt.

Alles um mich herum verändert und bewegt sich, nur ich bleibe auf der Stelle stehen, weil ich denke, daß es das einzig Richtige ist, immer auf einer Stelle zu stehen, egal wie schwierig das ist, oder gerade weil es so schwierig ist, daß es das ist, worauf es im Leben ankommt.

Aber egal, was man über Veränderungen denkt, ist es nicht richtig, mit einer Strickfrau einen Vierblattjoint zu rauchen. In warmen Küchen gemeinsam zu haschen und kein Bier im Haus zu haben. Auch keinen Wein. Mit Menschen, mit denen man nichts zu reden hat. Das hoffe ich doch zumindest, daß Be mit dieser Frau nichts zu reden hat, es sei denn, sie will warme Strümpfe strikken für die Kinder.

Da kann ich sogar direkt froh sein, daß sie nur gemeinsam so eine dumpfe Haschtüte rauchen, um dann jede in einer Ecke zu hängen mit schweren Augendekkeln; und keine E's einwerfen und sich gegenseitig in den Haaren fummeln und am Nacken kraulen.

Ich kann Drogen nicht ausstehen. Bier macht mich glücklich, mehr brauche ich nicht. Es ist nicht so, daß ich Drogen aus Prinzip ablehne, ich bin ja nicht blöde, ich habe alles einmal genommen, auch Heroin, aber nur geschnupft, davon habe ich gekotzt und einen Kreislaufzusammenbruch bekommen. Bei den anderen Drogen war es ähnlich. Ich vertrage das Zeug einfach nicht.

Be hat mich immer ausgelacht, weil ich keine Drogen vertrage. Wir haben unseren ersten Joint zusammen geraucht. In ihrem Kinderzimmer lagen wir auf dem Teppich und haben an die Decke geschaut und darauf gewartet, daß sich der Raum dreht, alles bunt wird und die Decke auf uns herunterkommt. Nichts davon ist passiert. Be mußte irgendwann kotzen, und ich habe gar nichts gemerkt. Später habe ich erzählt, ich hätte irre Fratzen an der Wand gesehen, die hätten teuflisch auf mich runtergegrinst. Be war nur schlecht, aber sie hat trotzdem behauptet, sie hätte sich *unglaublich wohl-gefühlt*, wie noch nie zuvor, und ihr wären heiße Schauer über den ganzen Körper gelaufen, wie bei einem Orgasmus. Von Orgasmen hatte ich damals noch keine Ahnung, so wenig wie Be. Wir waren damals dreizehn. Das heißt, rückblickend hatte ich damals auch schon Orgasmen, aber ich wußte nicht, daß es welche waren, und ich bin mir sicher, Be wußte das genauso wenig.

Be sagte, an Rauschgift muß man sich langsam gewöhnen, wie an Zigaretten, die schmecken am Anfang auch nicht. Wir rauchten Zigaretten, bis sie uns schmeckten, und gewöhnten uns an Rauschgift. Margots älterer Bruder, in den Be damals verliebt war, besorgte das Zeug. Wir haben dann immer viel zusammen gekichert, stundenlang, und danach Süßigkeiten ohne Ende gefressen. So war Kiffen damals. Ein Kinderspaß.

Irgendwann kam Be mit kleinen Papierfetzen, das sollten Trips sein, LSD, bewußtseinserweiternd und alles. Die habe ich dann auch geschluckt, und von da an war's vorbei. Meine Seele hatte meinen Körper verlassen. Ich konnte mich sehen, wie ich über meinem Körper schwebte, wie der dalag und sich nichts mehr bewegte. Kein Herzschlag mehr, nichts. Nur die Hände konnte ich noch bewegen, und die Füße habe ich ganz weit weg gespürt. Mit meinen Händen habe ich mich an meinem dicken Freund festgehalten, mit dem ich damals unterwegs war. Das hat mich wieder zurückgeholt, weil der so schwer war. Wenn ich mich an ihm festhielt, konnte ich nicht mehr davonfliegen. So saß ich stundenlang und hielt mich an ihm fest. Das hat mir das Leben gerettet. Der wußte von nichts, glaube ich.

Was mir an den Drogen nicht gefällt, ist die Sache mit dem Kontrollverlust. Du schluckst da was runter, das aussieht wie Rattenscheiße, oder ziehst irgendwas die Nase hoch, und dann macht das Sachen mit dir, die du dir im Leben nicht freiwillig antun lassen würdest, und du kannst nichts dagegen machen. Im schlimmsten Fall, versteht sich. Aber von dem gehe ich aus. Das ist das einzige, was zählt, nicht das, was einem bestenfalls passieren könnte.

Ich hatte auch überaus gelungene Drogenerlebnisse. Damals an Silvester, als wir die Pilze gegessen hatten. Be hatte zuviel davon erwischt und halluzinierte unter dem Tisch, während ich, die aus Vorsicht nur die Hälfte von dem genommen hatte, was Be geschluckt hatte, weil sie nie genug kriegen konnte, im zehnten Himmel schwebte, und das war wirklich so. Ich bewegte mich die ganze Nacht über dem Boden, ich lief nicht, ich schwebte. Ich bewegte mich nicht, ich wurde bewegt. Von der Musik und dem Bier, und ich wurde nicht betrunken, sondern es wurde immer nur noch besser.

Ich habe nie wieder Pilze gegessen aus Angst, es könnte mir dann wie Be damals ergehen. Be, die von jenem Abend nichts mitbekommen hatte, sagte später, das wäre eine *unglaubliche Erfahrung* gewesen, und sie hätte Dinge über sich erfahren, über die sie dann aber nicht sprechen wollte.

Bei Be verhält es sich genau andersrum. Der kann es noch so schlecht gehen auf irgendwelchen Drogen, sie nimmt die immer wieder, weil sie denkt, da muß man durch, um dann den Himmel auf Erden zu erleben, und weil auch eine schlechte Erfahrung eine Erfahrung ist, die sie weiterbringt. Be glaubt an diesen Käse von Bewußtseinserweiterung durch Drogen.

Ich will wissen, was auf mich zukommt, deshalb trinke ich Bier, und außerdem macht es mich glücklich. Das ist billig und vorhersehbar, und man kann rechtzeitig damit aufhören, wenn es unangenehm wird. Und man muß sich nicht die Arme zerstechen und auf den Strich gehen oder sich die Nasenschleimhäute ruinieren, und der Kater ist auch ein rein körperlicher, damit kann man leben, weil die gute Laune nach einem gelungen durchtrunkenen Abend auch noch den nächsten Tag anhält.

Bier wäre jetzt tröstlich und würde mich schlafen lassen, aber ich merke, wie ich müde werde auch ohne Bier, allein von diesem anstrengenden Tag. Ich denke ein paar tröstliche Gedanken, daran, daß mir mal jemand erzählt hat, daß alles, was einem widerfährt, egal, wie mies es einem erscheint und wie dreckig es einem ergeht, eine Bestimmung des Schicksals ist und damit seinen guten Grund hat, den muß man nur erkennen und sich darauf einlassen und die Möglichkeit für sich nutzen.

Dieser Käse hätte auch von Be kommen können, das hat sie immer zu mir gesagt: *Dein Problem mit den Drogen ist, daß du krampfst, daß du dich nicht öffnest, du mußt es zulassen, dann können sie sich nicht gegen dich wenden.*

Das ist dieser Zen-Schwachsinn, den sie bei Castaneda gelesen hatte, aber das mit dem Schicksal, das hat damals jemand zu mir gesagt, der wirklich klug war und nicht Castaneda gelesen hatte, deshalb glaube ich ihm, und mit diesem Gedanken schlafe ich auch ein, bevor ich noch anderen Blödsinn denken kann.

8

Bier

Ich wache frühmorgens auf. Ich habe keine Uhr bei mir, deshalb weiß ich nicht, wie spät es ist, aber am Licht erkenne ich, daß es früh ist. Sieben oder so. Ich bin ausgeruht und habe tief und traumlos geschlafen.

Ich glaube, träumen muß man nur, wenn sonst nichts im Leben passiert. Wenn dagegen eine Aufregung die nächste jagt, dann braucht man den Schlaf zum Ruhen und Erholen. Ich habe immer viel geträumt.

Ich stehe auf, und weil ich mit meinen Kleidern geschlafen habe, brauche ich mich nicht anzuziehen. Das ist praktisch in der Kälte. Die schlafen bestimmt noch alle, denke ich mir. Ich schaue aus dem Fenster, und es schneit immer noch, und so, wie es aussieht, hat es die ganze Nacht geschneit. Eingeschneit für den Rest des Winters bin ich. Im März, wenn die erste Frühlingssonne den Schnee wegschmilzt, komme ich hier wieder weg. Das sind nur noch drei Monate.

In der Küche sitzen Be und Pit beim Frühstück, das heißt, sie sind schon fertig damit, und die Strickfrau reitet auf einem Pferd über den Hof. Ein Auto kommt. Das Auto fährt auf den Hof und macht eine Bremsprobe, schlittert im Schnee herum, dann hupt es mehrmals, und das Pferd mit der Strickfrau auf seinem Rücken kriegt einen Schreck und schmeißt die Strickfrau in den Schnee und läuft davon. Wir lachen, und der Mann, der aus dem Auto steigt, lacht auch, nur die Strickfrau schimpft und geht los, um das Pferd wieder einzufangen.

Der junge Mann, der aus dem Auto gestiegen ist, winkt und ruft was, das keiner versteht. Dann geht er um das Auto herum und öffnet den Kofferraum und hebt einen Kasten Bier heraus. Den trägt er ins Haus. Das ist die Rettung, denke ich mir. Be hatte tatsächlich Mitleid mit mir und hat für mich einen Kasten Bier bestellt, damit ich nicht so einsam bin. Ich bin gerührt, schaue sie an, ganz weich, will ihr schon um den Hals fallen, da kommt der Mann zur Tür herein, und es ist kein Getränkelieferant, sondern Pits Bruder, und das Bier hat er für sich mitgebracht.

Er setzt sich neben mich auf einen Stuhl und macht sich ein Bier auf und gießt es in sich hinein. Besorgt denke ich, wenn der so weitermacht, ist der Kasten leer bis heute abend. Er bietet uns auch ein Bier an, Pit dreht sich gespielt angewidert weg, Be grinst nur, und ich nehme eins.

Das mache ich sonst nie, daß ich schon zum Frühstück Bier trinke, aber bevor der den Kasten leer trinkt, trinke ich eben eins zum Frühstück. Ich könnte natürlich sagen, *dankeschön, das hebe ich mir für später auf, ich trinke nämlich erst nach Einbruch der Dunkelheit, sonst werde ich furchtbar müde, oder ich muß ständig weitertrinken, den Pegel halten.*

Be grinst auf diese Weise, wie ich es gut an ihr kenne, ein bißchen zu unverschämt, und schaut ihm zu lange ins Gesicht. Einen Dreck hat die sich verändert.

Pits Bruder sieht aus wie Pit, nur daß er dunkle Haare hat und ein Mann ist. Ihm gefällt, daß ich mit ihm Bier trinke, und er schlägt seine Flasche gegen meine Flasche. Ich warte darauf, daß Be sich ein Bier nimmt. Dann steht der Bruder auf und geht zu Pit, umarmt sie und küßt sie und holt ein Geschenk aus seiner Tasche, weil heute ihr Geburtstag ist.

Ich finde das immer peinlich, wenn sich in Gegenwart von Leuten, die man nicht so gut kennt, herausstellt, daß sie Geburtstag haben, und man hat es nicht gewußt und kein Geschenk für sie, dabei ist einem der Geburtstag von demjenigen meistens völlig egal, aber genau das macht es so unangenehm, weil man befürchtet, der könnte das merken. Dabei wußte man nur deshalb nichts von dem Geburtstag, weil derjenige bewußt seinen Geburtstag verschwiegen hat, weil er gar nicht wollte, daß man von seinem Geburtstag weiß und ihm dazu gratuliert. Wenn es dann doch herauskommt, weil ein anderer, wie in diesem Fall Pits Bruder, von dem Geburtstag weiß und vor den anderen gratuliert, die nichts davon wissen sollen, was wiederum er nicht weiß, ist das für alle unangenehm. Demjenigen, der Geburtstag hat und nichts davon gesagt hat, weil es so aussieht, als würde er sich extra zum Geburtstag gratulieren lassen und hätte dem anderen extra nichts von dem Geburtstag gesagt, um ihn vor den Kopf zu stoßen, und der andere könnte denken, daß man ihm deshalb nichts von dem Geburtstag gesagt hat, um ihn vorzuführen und zu zeigen, daß er nicht dazugehört, weil er nichts von dem Geburtstag wußte. Und dann könnte man es immer noch für einen Vorwurf halten, als wäre es die Aufgabe der anderen, sich darum zu kümmern, wer wann Geburtstag hat.

Dabei geht es gar nicht um Geburtstage, sondern um etwas ganz anderes.

Mir fällt ein, daß ich auch bald Geburtstag habe. Ich hasse Geburtstage und feiere sie erst recht nicht, und deshalb sage ich es auch niemandem, wenn ich Geburtstag habe, und es wäre mir über die Maßen peinlich, wenn herauskommen würde, daß ich Geburtstag habe, weil es dann so aussehen könnte, als ob ich meinen Geburtstag verschweige, um mich damit wichtig zu machen. Und das ist das letzte, was ich tun würde.

Aber der wahre Grund, warum ich meine Geburtstage verschweige, ist, weil ich Angst vor Geschenken habe. Nichts ist schlimmer, als ein eingewickeltes Geschenk zu bekommen und es im Beisein des Schenkers und der anderen auszuwickeln. Im besten Fall ist es etwas, das ich mir gewünscht habe und das mir gefällt und Freude macht, aber das ist die Ausnahme, und so ein Geschenk verrät mehr über den, der es schenkt, als ich meistens wissen will. Deshalb mache ich selbst ungern Geschenke, wenn ich nicht genau weiß, womit ich dem Beschenkten Freude mache. Lieber kein Geschenk als ein schlechtes. Das verstehen viele nicht und halten mich deshalb für geizig, aber nichts bringt mich mehr ins Schwitzen als Geschenke. Sowohl die, die ich machen muß, als auch die, die ich bekomme.

Ich habe einmal gehört, daß es in irgendeinem Land, ich glaube, das war Japan, Sitte ist, die Geschenke erst auszupacken, wenn die Gäste gegangen sind. Die haben das begriffen. Ich habe es auch immer versucht damals, als ich noch Geburtstagsfeiern gemacht habe, mich um das Auspacken zu drücken, bis die Gäste gegangen waren, aber das ist nie gelungen. Die haben immer gedrängelt, *jetzt pack doch endlich mal aus*, und ich hatte nie den Mut zu sagen, es ist mir peinlich, vor allen Leuten Geschenke auszupacken, aus Angst, die könnten mich für neurotisch halten, und habe sie ausgepackt und mich in den Boden geschämt. Dann habe ich meine Geburtstage aus genau diesem Grund nicht mehr gefeiert.

Aber am schlimmsten ist es, ein Geschenk zu bekommen von einem Mann, in den man verliebt ist und den man noch nicht lange kennt. Am Anfang einer Liebesgeschichte. Das falsche Geschenk kann diese Liebe schnell beenden.

Ich nehme mal an, daß es bei Pit genauso ist, weil nicht einmal Be von ihrem Geburtstag weiß. Die sitzt da, völlig fassungslos, und mir fängt die ganze Geschichte an, Spaß zu machen. Pit ist rot geworden und packt das Geschenk ihres Bruders aus.

Geschenke innerhalb der Familie und des engsten Freundeskreises sind auszuhalten, weil da die Verhältnisse klar sind.

Ich schaue Be an, aber sie schaut mich nicht an, und ich merke, wie sie sich zusammennimmt und mich nichts merken lassen will. Ihre Augen sind ganz schmal zusammengekniffen, und ihr Mund lächelt, aber das gelingt ihm nicht.

Das Geschenk sieht aus wie ein Buch, und das ist es auch. *Gefährliche Liebschaften* von Choderlos de Laclos. Pit bedankt sich, und ihr Bruder lacht und sagt, *damit du mal was Anständiges liest*. Pit sagt, sie hätte den Film gesehen.

Ich habe auch den Film gesehen. Obwohl der Film ein guter Film ist, ist das Buch unvergleichlich besser, und eigentlich hat der Film mit dem Buch überhaupt nichts zu tun. Ich meine, das Wesentliche, was dieses Buch ausmacht, kann ein Film nur am Rande berühren. Abgesehen davon, daß es ein Briefroman ist.

Vor Jahren habe ich *Querelle* von Fassbinder gesehen, ohne das Buch gelesen zu haben. Obwohl Faßbinder ein ganz Großer ist, ist dieser Film eine schwitzende orange Homokacke. Alles ist immer extra in künstliches WARMES Licht getaucht, und ständig laufen schwitzende Matrosen in Kellern herum und fallen übereinander her. Dazu tragen sie noch diese albernen Matrosenmützchen, die es gar nicht wirklich gibt, sondern nur in der Homophantasie.

Ob der Film wirklich so ist, weiß ich nicht, wie gesagt, das ist Jahre her, aber so ist meine Erinnerung. Das Buch konnte ich nicht lesen. Ich habe es einige Male versucht, auch erst vor kurzem, weil ich dachte, daß die Bilder inzwischen verblaßt wären, aber sofort sehe ich Matrosen in weißen Unterhemden schwitzen, alles in orange. Ich werde dieses Buch nie lesen können.

Selbst wenn man umgekehrt die Verfilmung eines Buches sieht, das man schon gelesen hat, verdirbt das einem jedes Buch im nachhinein, egal wie gut die Verfilmung ist, weil die eigenen Bilder von den Filmbildern verdrängt werden, als hätte man das Buch nie gelesen, und man wird es nie wieder lesen können.

Be sagt, das wäre ein großartiges Buch, und das Wesentliche, das das Buch ausmacht, würde der Film nur am Rande berühren.

Ich habe ihr dieses Buch vor Jahren geschenkt, zu keinem besonderen Anlaß, nur weil ich es gelesen hatte und derart begeistert war, daß ich wollte, daß Be es auch liest. Das Buch lag eine Ewigkeit bei ihr herum, ich habe sie immer wieder gefragt, ob sie es endlich gelesen hätte, weil ich mit ihr darüber reden wollte, meine Begeisterung mit ihr teilen, aber sie sagte immer nur, sie wäre noch nicht dazugekommen. Irgendwann habe ich es aufgegeben zu fragen, und weil sie auch nie etwas darüber gesagt hat, nehme ich an, daß sie es nie gelesen hat.

Be ist sauer auf Pit und schaut sie nicht mehr an. Ich merke, daß Pit ein schlechtes Gewissen hat und auf ein Zeichen von Be wartet, daß sie ihr nicht mehr böse ist und sie liebt, aber den Gefallen tut ihr Be nicht.

Ich denke mir, daß das eine Gelegenheit ist, die Be mehr als gelegen kommt, weil sie einen guten Grund hat, auf Pit sauer zu sein, und schamlos den Bruder angraben kann, was dann so aussieht, als würde sie das tun, um Pit eins auszuwischen, weil die sie gekränkt hat, und als würde sie das aus Verzweiflung tun, weil sie tief verletzt ist.

Ich kenne Be. Die nutzt nichts mehr als das schlechte Gewissen der anderen, weil sie selbst kein Gewissen hat. Da wird, ehe man sich versieht, die Welt einmal rumgedreht. Zu ihren Gunsten.

Be steht auf und holt sich ein Bier, macht es auf und nimmt einen ordentlichen Schluck. Prost, sagt sie und lächelt Pit an, als wäre nichts gewesen.

Be gehört zu den Frauen, die geschlagen werden, weil man sie schlagen muß, weil sie es darauf anlegen wie nichts sonst. Wäre Pit ein gewalttätiger Kerl, dann hätte Be jetzt eine drin. Und die hätte sie verdient. Weil nichts anderes hilft. Aber nicht einmal das hilft, außer daß es eine gewisse Befreiung verschafft. Weil das genau in die Richtung laufen würde, die Be gelegen kommt, nämlich sich danach noch mieser aufzuführen, weil sie geschlagen wurde.

So wie damals, als sie ihren Vater provoziert und er ihr eine Ohrfeige gegeben hat, auf die sie nur gewartet hat, weil sie dann einen guten Grund hatte, das zu tun, was sie sowieso vorhatte, aber ihre Eltern im Leben nicht erlaubt hätten, nämlich nächtelang wegzubleiben und bei Rudi zu übernachten und sich angeblich von ihm entjungfern zu lassen.

Das ist so ähnlich, wie wenn man sich von einem Liebhaber trennen will, aber nicht diejenige sein möchte, die sich trennt und schuldig macht, deshalb behandelt man denjenigen, den man loswerden will, so schlecht, bis der es nicht mehr erträgt und geht. Dann kann man immer noch so tun, als würde man die Welt nicht verstehen und dem anderen die Schuld geben. Dann ist man ihn los und die Schuld auch.

So ist Be bisher jeden Mann losgeworden. Wenn der sie nicht von sich aus, ohne daß sie es wollte und ihn dazu getrieben hat, verlassen hatte. Das ist auch vorgekommen, wenn auch selten.

Be lacht laut über irgend etwas Lustiges, das der Bruder gesagt hat, und schlägt ihre Bierflasche gegen seine Bierflasche, so wie er vorhin seine Flasche gegen meine Flasche geschlagen hat. Ich traue mich nicht, Pit anzusehen. Auf einmal schäme ich mich für Be, als wäre sie meine Freundin, die ich mitgebracht habe und die sich jetzt unter aller Sau benimmt.

Das ist immer so. Ich kann peinliche Situationen nicht ertragen, ich fühle mich immer verantwortlich, auch wenn ich absolut nichts damit zu tun habe. Selbst im Film oder im Fernsehen kann ich es nicht ertragen. Das, was sich gerade noch als ein großer Spaß anließ, ist unerträglich geworden. Das Schlimmste ist, daß ich in solchen Situationen auch nicht einfach aufstehen und rausgehen kann, damit würde ich mich noch mehr schuldig machen, weil ich die Situation nicht ertrage, das heißt, ich würde, ohne es zu sagen, aussprechen, daß die Situation eine unerträgliche ist.

Deshalb bleibe ich auf meinem Sitz kleben und schaue auf den Tisch, wo die Bierflaschen dunkle Ränder hinterlassen haben. Das Wasser läuft mir die Hände hinunter. Ich schwitze immer nur an den Händen, auch im Sommer, wenn es heiß ist, dann muß ich mir immer erst die Hände abwischen, wenn ich sie jemandem gebe, das ist unangenehm, weil man mit Handschweiß immer Unsicherheit und Unangenehmes verbindet, dabei schwitze ich einfach nur so, aus Hitze, manchmal natürlich auch aus Aufregung, so wie jetzt gerade.

Ich sage mir, daß es keinen Grund für mich gibt, mich in irgendeiner Weise für Bes Dummheit schuldig zu fühlen.

Pit steht auf und geht hinaus. Ganz ruhig und macht auch die Tür normal leise zu.

Be lacht dumm, und ich kann endlich aufstehen und hinausgehen.

Im ersten Moment denke ich mir, ich sollte zu Pit gehen, aber ich wüßte nichts zu sagen, außer Schlechtes über Be. Außerdem sieht das komisch aus, weil wir uns nicht nahestehen und uns nur über Be kennen, die mir nahesteht und den ganzen Dreck angerichtet hat. Ich ziehe mich an und gehe hinaus in den Schnee.

Ich laufe einmal um das Haus. Die Strickfrau rennt immer noch dem Pferd hinterher. Es schneit und schneit ohne Ende, und ich bin jetzt schon voller Schnee, bald werde ich ganz eingeschneit sein, keiner wird mich mehr finden. Dann stehe ich als weißer Berg im Garten, und die Strickfrau wird auch zum Hügel und das Pferd zum Berg.

Pits Bruder macht sich an seinem Auto zu schaffen, das auch ganz weiß ist. Meine Spuren sind schon nicht mehr zu sehen. So einfach ist das, der Schnee macht alles gleich. Macht uns zu weißen Hügeln, die schweigen.

Ich bleibe neben ihm stehen. Er bemerkt mich erst nicht, dann dreht er sich um und sagt, ach, du bist es. Das klingt so, als würden wir uns eine Ewigkeit kennen, aber auch so, als wäre ich nichts Besonderes. Eher ein bißchen lästig, so wie ein kleines Geschwister. Er scheint das gemerkt zu haben, daß ich eingeschnappt weiterlaufen will. Er sagt, ich dachte, du wärst Pit, deshalb. Er hätte gehofft, daß ich sie wäre, weil er ein schlechtes Gewissen hat, daß er zu ihrem Geburtstag kommt und nur Unheil anrichtet.

Das verstehe ich nicht. Wenn jemand Unheil angerichtet hat, dann Be. Ich sage ihm, das wäre nicht seine Schuld und daß Be sich blöde benommen hätte, aber er nimmt Be in Schutz und sagt, das wäre eine wirklich blöde Situation für sie gewesen, und es wäre seine Schuld, daß es dazu gekommen ist. Deshalb wäre es das beste, er würde sich wieder davonmachen.

Das ist meine Chance, von hier wegzukommen. Er sagt, er kann mich mitnehmen. Ich habe nichts zu packen, ich kann sofort losfahren. Er will sich nur noch von Pit verabschieden und geht ins Haus. Ich warte draußen im Schnee auf ihn. Ich will nicht mehr da hinein, vor allem will ich Be nicht mehr sehen. Hier im Schnee ist es so friedlich.

Ich sollte mich auch von Pit verabschieden. Schließlich war ich ihr Gast, und es wäre unhöflich, ohne ein Wort abzufahren. Ich warte, bis der Bruder zurückkommt, und dann werde ich hineingehen.

Ich laufe ein Stück hinaus in den Garten, da sehe ich die Strickfrau, wie sie wieder auf dem Pferd sitzt und herumreitet. Sie tut so, als würde sie mich nicht sehen, und reitet wichtig an mir vorbei.

Ich kann nicht reiten. Ich habe es versucht, in dem Alter, als alle Mädchen reiten wollten, aber es hat nicht geklappt. Ich habe mir dabei drei Rippen gebrochen, da habe ich es aufgegeben.

So ging es mir mit allen Sachen, die ich gemacht habe, weil alle Mädchen sie gemacht haben. Sachen wie Jazz Dance zum Beispiel. Dreimal bin ich in diesen Kurs gegangen und habe mich lächerlich gemacht, weil ich mir die Schrittfolgen nie merken konnte und diese albernen Bewegungen an mir zum Lachen aussahen.

Be war da schlauer. Die hat das alles ausgelassen und sich gleich für Jungs interessiert. Dadurch hat sie es vermieden, sich die Rippen zu brechen und sich lächerlich zu machen, und war den anderen weit voraus, weil sie vor allen wußte, wie man richtig küßt und Petting macht. Schließlich war sie dann auch die erste, die lange vor uns allen von ihrer Unschuld befreit wurde. Angeblich.

Ich laufe meine Runden. Der Bruder kommt nicht. Es schneit immer weiter. So sehr, daß immer, wenn ich meine Runde wieder von vorne beginne, meine Fußspuren schon wieder verschwunden sind. Zugedeckt vom Schnee. Ich beginne, mir Sorgen zu machen, daß der Bruder nicht mehr zurückkommt. Daß das Auto nicht mehr fährt im Schnee.

Schließlich gehe ich dann doch hinein. In der Küche sitzen Be und Pit und der Bruder, und sie reden und lachen. Als wäre nie was gewesen.

Ich bin wieder die Blöde. Warum passiert mir so was immer? Wie damals mit Margot und ihrem Bruder. Alles wiederholt sich. Mein ganzes Leben eine miese Serie in der soundsovielten Wiederholung. Ich kann Be nicht anschauen, so sehr widert sie mich an. Entweder der Bruder fährt jetzt sofort, oder ich laufe nach Hause. Das ist mir alles egal, nur weg hier.

Ich reiße mich zusammen, gehe zu Pit und verabschiede mich. Pit sagt, das ist schade, ob ich nicht noch bleiben will, obwohl ihr Geburtstag ist. Alle lachen.

Ich gehe einen Umweg zum Ausgang, damit ich Be im Rücken habe und ihrem Blick nicht ausweichen muß. Wie ich solche Situationen hasse. Jetzt bin ich die Blöde, die beleidigt abzieht, so sieht es aus. Ich habe die Klinke schon in der Hand, da kommt mir der Gedanke, daß der Bruder vielleicht gar nicht mehr zurückfahren will, jetzt, wo offensichtlich alles wieder gut ist. Und ich stehe jetzt noch blöder da, weil ich mich verabschiede und hinausgehe, dabei fährt der gar nicht. Hat gar nicht vor, so bald wieder zu fahren, sondern will weiter mit Be und Pit herumsitzen und Spaß haben. Ich drehe mich zu ihm um, dabei muß ich ganz starr gucken, um Be nicht anzusehen, die neben ihm sitzt und mich ansieht, alle sehen mich an, und ich spüre, wie ich dunkelrot werde, als ich den Bruder frage, ob er zurückfährt.

Wie eine drängelnde Ehefrau komme ich mir vor, blöder geht es nicht: *Kommst du jetzt endlich!* Dabei habe ich mir Mühe gegeben, es beiläufig klingen zu lassen, so wie: *Falls du noch an der Rückfahrt interessiert bist, ich fahre jetzt*, wo doch jeder weiß, daß ich nirgendwo hinfahren werde, wenn mich nicht einer von den dreien fährt, und solange das nicht geklärt ist, brauche ich mich gar nicht erst zu verabschieden, was ich bereits getan habe.

Meine Situation ist aussichtslos. Es gibt kein Zurück mehr. Ich muß da hinaus, und wenn ich zu Fuß nach Hause laufe. Lieber erfriere ich im Schnee, als die Erniedrigung zu ertragen, zurück an den Tisch zu schleichen, nachdem ich mich schon verabschiedet habe, und noch tagelang zu bleiben, bis sich einer erbarmt und mich zurückfährt.

Um die Situation noch einigermaßen zu retten, sage ich: *Sonst könntest du mich vielleicht zum Bahnhof fahren, ich muß nämlich heute abend in Berlin sein.* Es fällt schwer, das möglichst gleichgültig und freundlich zu sagen, ohne daß irgendwas wie ein Vorwurf: *Schließlich hast du mir gesagt, du fährst gleich zurück ...* oder ein Beleidigtsein: *Dann fahr ich eben mit dem Zug ...* mitklingt, noch dazu, weil mich alle drei anstarren und ich um alles in der Welt vermeiden will, Be anzuschauen. Ich glaube, es ist mir trotzdem einigermaßen gelungen.

Der Bruder rettet mich. Er steht sofort auf und entschuldigt sich bei mir, daß er mich so lange hat warten lassen, und geht zu seiner Schwester und küßt sie, und bevor er sich von Be verabschiedet, bin ich schon draußen, wieder im Schnee vor dem Auto, und warte auf ihn, und dann kommt er auch schon, und wir steigen ein und fahren zurück in die Stadt.

9

Sex

Im Auto reden wir erst mal nichts, weil der Bruder sich auf das Fahren konzentrieren muß, damit er durch den ganzen Schnee auf die Straße kommt. Und ich konzentriere mich auch darauf, aus Angst, wir könnten stekkenbleiben und müßten doch hierbleiben, so als würde meine Konzentration das Auto durch die Schneemassen schieben. Ich bin mir sicher, ein bißchen ist das auch so, weil ich mich so stark darauf konzentriere, wie ich mich noch nie auf etwas konzentriert habe.

Die Straße ist geräumt, das heißt, der Schnee ist so weit festgefahren, daß man gut vorankommt, wenn auch langsam.

Ich will etwas sagen, mich mit ihm unterhalten, ihn wenigstens fragen, wie er heißt, aber in meinem Kopf sind nur so blöde Gedanken, wie: Wie verhindere ich, daß es zu Sex zwischen uns kommt, weil ich seit Tagen meine Kleidung nicht gewechselt habe, nicht einmal meine Unterwäsche, und unter allen Umständen vermeiden will, daß er mir zu nahe kommt und dadurch dermaßen abgeschreckt wird, daß er auch später keinen Sex mehr mit mir haben will, wenn ich frisch gewaschen bin und meine beste Unterwäsche trage.

Ich schäme mich selbst für diesen Gedanken, es ist, als hätte den jemand anderes gedacht und mir untergeschoben, und jetzt behindert er mich, ein zwangloses

Gespräch zu beginnen und uns kennenzulernen, damit wir irgendwann, wenn ich frisch gewaschen bin, Sex haben können.

Unsinn, ich meine, ich will gar nichts von ihm, der Gedanke kam, als er sich rüber auf meine Seite gelehnt hat, um mir mit dem Gurt zu helfen, der klemmte. Da habe ich mich ganz flach in meinen Sitz gedrückt und nicht bewegt und die Luft angehalten, weil ich mir auch die Zähne nicht geputzt habe. Ich weiß nicht einmal, ob er mir gefällt.

Es dauert eine ganze Weile, bis ich erfahre, daß er Peter heißt. PETER und PETRA. Ich frage ihn, ob seine Eltern Hausmeister sind. Da, wo ich früher gewohnt habe, gab es ein fettes Hausmeisterpaar, die hatten zwei fette Kinder, die hießen Denis und Denise. Ein Junge und ein Mädchen, versteht sich. Das findet er lustig und lacht, und ich beginne mich zu entspannen.

Ihm gefällt mein Name. Er fragt mich, ob ich Pit schon lange kenne, und ich sage ihm, daß ich Be schon lange kenne.

Obwohl ich keine Lust habe, über Be zu reden, erzähle ich ihm von unserer Freundschaft, der zwischen Be und mir, und warum die zu Ende ist. Ich gebe mir Mühe, nicht nur über Be herzuziehen, und ich merke, wie sehr es mir ein Bedürfnis ist, darüber zu sprechen, und am Ende habe ich ihm mehr erzählt, als gut ist, denke ich mir.

Ich kenne ihn kaum und rede ununterbrochen aus meinem Leben und von Be, dabei weiß ich nicht einmal, was er von mir denkt und wie er zu Be steht und ob er das nicht alles sofort brühwarm Be und Pit erzählt, um gemeinsam über mich zu lachen.

Außerdem ist immer noch nicht geklärt, ob ich etwas von ihm will und er vielleicht von mir und ob es zu Sex kommen könnte, aber nicht kommen wird, weil ich zuviel von mir erzählt habe und er mich für ein neurotisches Wrack hält, dem man besser nicht zu nahe kommt. Deshalb halte ich den Mund.

Es gibt Leute, die verstehen es hervorragend, andere auszufragen, so daß die das Gefühl haben, sie hätten ein gutes Gespräch geführt, und dabei haben sie nur von sich erzählt und nichts von dem anderen erfahren.

Ich ärgere mich über mich, weil es sonst nicht meine Art ist, fremden Leuten, und schon gar nicht Männern, zuviel von mir zu erzählen. Ich warte immer ab und höre zu, und dann sage ich nur das, was ich für richtig halte.

Nicht wie Be, die jedem immer gleich alles erzählt, die jede Gelegenheit nutzt, über sich zu reden und über ihre Befindlichkeiten, weil die gar nichts anderes interessiert als sie selber.

Wobei man sagen muß, daß das, was sie erzählt, auch wenn es die intimsten Details sind, durchaus berechnet ist. Be weiß genau, was sie damit erreichen will, und meistens erreicht sie das auch. Weil Be bei allem, was sie tut, immer einen eigennützigen Zweck verfolgt, den sie nie aus den Augen verliert. Meistens geht es dabei um Männer und seit kurzem auch um Frauen.

Ich kontrolliere jedes Gespräch, und ausgerechnet jetzt bin ich außer Kontrolle geraten. Kein Wunder, mit einem Bier zum Frühstück und diesen irren Weibern.

Ich halte also den Mund und sage gar nichts mehr. Er sagt auch nichts, weil er sich auf das Fahren konzentrieren muß.

Es schneit so dicht, daß man nichts mehr sieht. Wir fahren ganz langsam, und ich starre mit ihm auf die Straße. Ich kann gar nicht anders im Auto sitzen. In Gedanken fahre ich immer mit, so als könnte ich das Schlimmste vermeiden, wenn ich aufpasse. Dabei fahre ich so gut wie nie selbst Auto. Ich habe noch nie ein eigenes Auto besessen und fahre immer als Beifahrer, außer der Autofahrer ist müde und läßt mich fahren.

Peter fragt mich nach einer Weile, ob ich fahren kann, ihm würden schon die Augen brennen. Meine Augen brennen mir auch, weil ich so angestrengt in das Schneetreiben hineingucke, aber das sage ich nicht, sonst denkt er, daß ich seinem Fahrvermögen nicht traue.

Er hält an, und wir wechseln die Plätze. Die Autos stehen jetzt fast. Ich fahre ein paar hundert Meter, und dann geht gar nichts mehr, ein Unfall oder was. Wir stecken fest.

Das Schweigen lädt sich im stillen Auto auf, während der Schnee auf uns drauffällt und weil Peter nichts sagt, und damit in dem Schweigen nicht der Gedanke an Sex das Auto auffüllt, bis man nichts anderes mehr denken kann, beginne ich wieder zu reden.

Wenn ich jetzt Be wäre, würde ich sagen: Es wäre mir unangenehm, wenn wir jetzt hier Sex haben würden, obwohl sich die Situation anbietet, und es wäre durchaus romantisch, eingeschneit im Auto Sex zu haben, und ich wäre dem sogar gar nicht abgeneigt, im Gegenteil, aber deshalb will ich es jetzt nicht, weil es mir furchtbar unangenehm ist, daß ich die letzten Tage meine Kleidung nicht wechseln konnte, weil ich unvorbereitet aufs Land verschleppt wurde. Ich weiß, daß es Leute gibt, denen so etwas nichts ausmacht, aber weil wir uns noch nicht kennen, möchte ich nicht, daß dein erster Eindruck von mir ein ungewaschener ist, auch wenn es dir vielleicht nichts ausmacht, aber mir ist das unangenehm.

Ich bin aber nicht Be, zum Glück, deshalb sage ich nichts. Vielleicht erzähle ich es ihm später, wenn wir uns besser kennen. Nachdem wir frischgewaschenen guten Sex im Bett hatten. Dann werde ich ihm erzählen, was mir damals auf unserer ersten Autofahrt durch den Kopf ging, und wir werden beide darüber lachen und uns gleich darauf noch einmal heftig lieben und uns dabei vorstellen, wir wären mit dem Auto im Schnee steckengeblieben und ich hätte seit Tagen die Unterwäsche nicht mehr gewechselt.

Meine Gedanken drehen sich wie blöde im Kreis, ich will längst was anderes denken, aber es geht nicht. Der Gedanke an Sex hat mir alle Gehirnwindungen zugeklebt, wie kürzlich, als ich ständig an Be und die fette Lesbe denken mußte.

Ich denke mir, daß ich es ganz schön nötig haben muß, und versuche mich daran zu erinnern, wann ich das letzte Mal Sex hatte, und weil es mir nicht sofort einfällt, nehme ich an, daß ich es wirklich nötig habe.

Wahrscheinlich kann man es sogar schon riechen, wie

die Angst, nur eben nach Sex. Nach Sex-nötig-haben. Auch Menschen können so was riechen an anderen Menschen. Das ist weniger ein spezifischer Geruch, den man wahrnimmt und sagt: die riecht nach Angst, oder die riecht so, als hätte sie Sex nötig und kann an nichts anderes mehr denken. Dann könnte ich direkt froh sein, daß ich in meinen stinkenden Kleidern stecke, die garantiert jeden anderen Geruch überdecken.

Es ist mehr eine Ahnung als ein Geruch, die einen von manchen Menschen Abstand halten läßt und zu anderen hinzieht. Unglück ist zum Beispiel so etwas, was jeden auf Abstand hält, egal, wie gut man riecht oder aussieht. Das kann man nicht verstecken.

Ich sage, wir stecken fest. Nichts geht mehr weiter. Glaubst du, daß wir im Auto erfrieren müssen *oder Sex haben werden?*

Man liest immer wieder, daß Leute im Schneechaos steckenbleiben und eingeschneit werden und dann elend in ihren Autos erfrieren.

Er sagt, wir müssen nicht erfrieren, ich soll mir keine Sorgen machen. *Wir werden uns nackt ausziehen und unsere Körper aneinanderlegen und uns mit unseren Kleidern zudecken, wie die Eskimos, der Schnee auf uns ist unser Iglu, so kann uns nichts passieren.*

Er sagt, er kennt sich aus. Nicht weit von hier ist ein kleines Dorf, da können wir hinlaufen und uns in einer Gaststube wärmen, bevor wir erfrieren, aber soweit wird es nicht kommen, und tatsächlich bewegt sich das Auto vor uns, es geht wieder weiter.

Ich konzentriere mich wieder auf die Straße, auf das Autofahren, das ungewohnt ist für mich, es geht nur sehr langsam vorwärts. Männer stehen auf der Straße und winken uns vorbei, tatsächlich ein Unfall, ein Auto ist die Böschung hinuntergefahren und liegt auf dem Rükken. Zum Glück keine Menschen, kein Blut, kein Krankenwagen, so was verdirbt die Laune beim Autofahren, der Unfall muß schon vor längerer Zeit passiert sein.

Wir unterhalten uns über Unfälle. Er hatte auch schon einen, nur einen leichten mit Schleudertrauma, ich zum Glück noch keinen, aber meine Schwester, auch mit Schleudertrauma, aber wenn sie sich damals nicht auf dem Rücksitz angeschnallt hätte, wäre sie heute nicht mehr. Er erzählt von Werbeplakaten, die einen Menschen auf der Intensivstation zeigen, überall Schläuche und darunter der Text: W*enn ich mich auf dem Rücksitz angeschnallt hätte, würde es mir heute besser gehen*, oder: *Anschnallen auf dem Rücksitz? Ich doch nicht.* Oder so ähnlich, an den Text kann er sich nicht mehr genau erinnern.

Ich frage, ob Pit schon immer und ausschließlich auf Frauen steht. Das tut sie nicht, und das mit Be ist eine Ausnahme, wie es auch bei Be eine Ausnahme ist. Allerdings bei Pit nicht die erste, eigentlich steht sie mehr auf Männer, aber das mit Be scheint ihm etwas Ernstes zu sein. Ernster als alle Frauengeschichten vorher. Sogar ernster als die meisten Männergeschichten.

Er sagt, Be *wüßte* Pit *zu nehmen*. Was das heißt, frage ich. Er sagt, Pit bräuchte jemanden, der sie quält, sonst kann sie nicht lieben, und Be scheint ihr das zu geben.

Ich wußte, daß es eine kaputte Geschichte ist. Diese kranke Quälscheiße. So was kann ein Leben lang halten. Ich weiß, wovon ich spreche. Das sieht Be ähnlich. Die braucht das Kranke.

Mit dieser Methode bekommt man nur die, die man gar nicht richtig haben will.

Für viele ist das eine sichere Sache. Die wollen sich nicht mehr sorgen und nicht mehr gequält werden, deshalb quälen sie einen, den sie nicht richtig lieben, und haben ihren Spaß dabei und werden von dem, den sie höchstenfalls mögen, oder dessen Geld oder Ansehen, noch mehr geliebt und nie mehr verlassen, weil der gar nicht dazu kommt, ans Verlassen zu denken, weil er nur damit beschäftigt ist, zu verhindern, daß er verlassen wird, und das für Liebe hält. Das ist eine bequeme und sichere Sache, wenn man's mag.

Und der, der gerne gequält wird, hält nur das für Liebe, was er nicht kriegen kann. Der würde denselben Menschen verachten, der ihn quält und den er deshalb liebt oder zu lieben glaubt, wenn der freundlich zu ihm wäre und ihn gut behandeln würde.

So kann man ein Leben lang miteinander verbringen.

Ich mag es nicht, weil ich immer noch an die Liebe glaube. Weil mir schlecht wird, wenn ich an die ganzen Paare denke, die sich irgendwann einmal kennengelernt haben oder schon lange kennen und keine fremden Menschen kennenlernen wollen und deshalb zusammen sind, weil sich nichts Besseres findet. Dann bleibt man eben zusammen, ist besser, als alleine zu sein, und nach ein paar Jahren hat man sich aneinander gewöhnt und hält das für Liebe. Die Welt ist voll davon. Und dazu quälen sie sich und halten das für Leidenschaft. Da muß ich kotzen. Lieber bleibe ich ein Leben lang alleine.

Ich sage, ich hätte auch den Eindruck, daß die beiden gut zusammenpassen.

Ich halte mich zurück. Ich sage nichts mehr über Be. Obwohl ich einiges zu erzählen wüßte, von ihren kranken Geschichten.

Der eine, mit dem sie immer klauen ging, dazu hat er sie abgerichtet, immer größere Dinger, und dann hat er sie zu diesen Partnertauschabenden überredet, nur anschauen sollte sie sich das. In einem Lokal, wo man am Eingang seine Kleider abgibt. Da stand sie nackt zwischen den Leuten, er war verschwunden, und sie hat ihn dann gefunden, wie er auf einer Achtzigjährigen drauflag. Das war noch nicht das Ende. Der ruft sie heute noch an, wenn seine Frau und die Kinder aus dem Haus sind, um ihr zu sagen, wie und wo er es mit ihr treiben will.

Ein anderer lag den ganzen Tag im Bett oder in der Badewanne. Reden konnten sie nicht, weil er kein Deutsch verstand und sie seine Sprache nicht. Sie wußte wahrscheinlich nicht einmal, aus welchem Land er kam. Und weil sie ihn nicht verstehen konnte, hat er sie manchmal gegen den Schrank geschmissen.

Oder ein anderer, dessen Lieblingsphantasie es war, sie tagelang ans Bett zu binden, und sie wußte nie, wann er sie besteigen würde, und manchmal war es gar nicht er, sondern ein Freund, und er sah dabei zu. Und so geht es immer weiter.

Es ist also kein Wunder, daß Be sich von den Männern abwendet und einer Frau zuwendet. Be wäre aber nicht Be, wenn diese Frauengeschichte nicht eine genauso kranke Geschichte wäre.

Das beruhigt mich einerseits, wie es mich immer beruhigt, wenn die Welt verläßlich ist und das tut, was man von ihr erwartet, andererseits bin ich noch mehr enttäuscht darüber, daß sich manche Dinge, und damit meine ich Be, nie ändern werden.

Aber wahrscheinlich bin ich auch nicht schlauer als die anderen Idioten und halte genau die für große Lieben, die mich am meisten gequält und die mich verlassen haben, und hätten sie das nicht getan, hätte ich sie irgendwann verlassen, weil sie mich gelangweilt hätten.

So wie die anderen. Die ich gequält habe, weil sie zu nett waren. Die ich verlassen habe, als die erste Luft raus war und die Langeweile drohte. Die habe ich vergessen, obwohl die es viel mehr verdient haben, daß man an sie denkt, weil sie anständig waren. Was in Erinnerung bleibt, ist das, was man vergessen sollte.

Timo, den ich erst nicht wollte, und dann hat er mich doch rumgekriegt, auf dem Spielplatz, wo wir nach der Schule immer Jungs-fangen-Mädchen gespielt haben. Wer eins erwischt hat, mußte es eine Minute lang küssen. Mit der Zunge, die Zeit wurde gestoppt. Ich war immer schneller, mich haben sie nie gekriegt, obwohl ich auch küssen wollte. Dann haben sie ihm geholfen. Zu dritt waren sie hinter mir her, und dann mußte ich Timo küssen. Eine Minute lang mit der Zunge. Wir waren beide so außer Atem, daß wir uns mehr ins Gesicht gehechelt als geküßt haben, und die Spucke tropfte raus. Und dann sind wir miteinander gegangen, mehrere Wochen lang. Das hieß, wir standen in den Pausen zusammen, und nach der Schule ließ ich mich von ihm fangen. Irgendwann war ich bei ihm zu Hause. Wir saßen in seinem Zimmer, und er hat mich geküßt und meinen Busen angefaßt, der noch gar nicht da war. Ich dachte, das gehört dazu. Auch, daß er danach nicht mehr mit mir gesprochen hat und so getan hat, als würde er mich nicht kennen. Das habe ich nicht verstanden und verstehe es heute noch nicht. Ich meine, der Kerl ist fett und Sparkassenangestellter. Er wohnt immer noch in demselben Haus, mit seinen Eltern und seiner häßlichen Frau und seinen fetten Kindern. Der letzte Mensch. Ich wollte ihn schon damals nicht, die klebrigen Küsse, daß er mich angefaßt hat. Ich dachte, das gehört dazu, und dann mache ich mir heute noch Gedanken darüber.

Letzten Sommer, als ich meine Eltern besuchte, kam ich an seinem Haus vorbei, und da stand er im Garten mit seinen Kindern, und mir war, als wäre es gestern gewesen, und am liebsten wäre ich hineingegangen und hätte den fetten Sparkassenangestellten vor seinen Kindern gefragt, was das sollte, daß er mich von einem Tag auf den anderen wie Dreck behandelt hat. Was das für eine Art ist, einen Menschen zu behandeln. Schließlich habe ich ihn auch anständig behandelt und seine klebrigen Küsse ertragen und mich anfassen lassen, obwohl ich ihn nie besonders leiden konnte.

Anschauen soll er sich, was aus ihm geworden ist. Und dann soll er mich anschauen und seine fette Frau und seine fetten Kinder, und dann sieht er, was die Strafe dafür ist.

Ich frage mich tatsächlich, ob dieser Wurm sich noch an mich erinnert und was er dazu zu sagen hat. Diesen letzten aller Menschen werde ich nie vergessen, weil er mich wie einen Dreck behandelt hat. Und das ist nur ein Beispiel.

Peter sagt, er bezweifelt, daß das *eine gute Basis für eine Beziehung ist*. Obwohl er *Basis* sagt und noch schlimmer, *Beziehung*, bin ich froh, daß er so darüber denkt, obwohl mir das völlig egal sein könnte, und stimme ihm zu. Jetzt ist wieder Schweigen im Auto, weil jeder seinen eigenen Gedanken über Beziehungen und der richtigen Basis dafür nachhängt, nehme ich einmal an.

Er sieht auf einmal sehr ernst und nachdenklich aus. Vielleicht wurde er gerade verlassen von einer, die ihn lange gequält hat, denke ich mir. Das Schweigen ist ein ganz hartes, das man kaum durchbrechen kann, je länger es dauert.

Wir sind jetzt in der Stadt. Ich glaube, er hat sogar vergessen, daß ich in seinem Auto sitze, sonst müßte er mich fragen, wo ich wohne, falls er mich nach Hause fährt, oder wo er mich rauslassen soll. Aber er sagt nichts, fährt immer weiter. Ich könnte natürlich auch fragen, wo er hinfährt und wo er mich am besten rauslassen soll, aber ich sage nichts, weil noch nichts zu spät ist, und außerdem ist das sein Problem, wie er mich wieder los wird.

Ich bin auf einmal gar nicht mehr wild darauf, nach Hause zu kommen, in meine leere Wohnung, wo niemand ist, dem ich den ganzen Irrsinn erzählen kann. So viele Vorteile das Alleinleben auch hat, gibt es nichts Trostloseres, als nach Hause zu kommen, wenn man etwas erlebt hat, und niemand ist da, dem man das erzählen kann. Je mehr ich darüber nachdenke, wie das ist, in meine leere Wohnung zurückzukommen, desto weniger will ich das. Obwohl ich seit Tagen nichts mehr wollte als das.

Ich stelle mir vor, wie ich die Tür aufschließe und wie mir der muffige Geruch entgegenkommt. Verschimmelte Essensreste auf dem Küchentisch und vertrocknete Pflanzen. Wenigstens das bleibt mir erspart, weil ich keine Pflanzen herumstehen habe. Außer einer, die ist nicht totzukriegen. Je schlechter ich sie behandle und je weniger ich sie gieße, desto mehr gedeiht sie. Be hatte sie vor Jahren einmal zu mir hochgebracht, weil sie verreisen wollte. Ich habe sie in fünf Wochen dreimal gegossen, höchstens, und sie war doppelt so groß, als Be zurückkam, und blühte noch dazu. Be meinte, diese Pflanze wäre seit fünf Jahren kein Stück gewachsen, noch nie hätte sie geblüht, das wäre ein Wunder. Diese Pflanze hätte *mich ausgesucht*, deshalb soll sie bei mir bleiben. Noch eine, die gequält werden will. Damit war sie bei Be an der falschen Stelle, die hat nämlich ein Herz für Pflanzen und behandelt sie immer gut.

Peter sagt immer noch nichts und schaut noch ernster. Deshalb erzähle ich ihm die Geschichte mit der Pflanze. Das paßt zum Thema und entspannt es gleichzeitig. Er lacht. Ich glaube, er ist froh darüber, daß ich rede und daß er lachen kann. Er fragt mich, wo ich wohne.

Ich sage, er kann mich an der U-Bahn rauslassen, obwohl ich das gar nicht will, aussteigen und mit der U-Bahn fahren. Ich sage es trotzdem, weil ich weiß, daß er mich nach Hause fahren wird, gerade, weil ich angeboten habe, auszusteigen und die U-Bahn zu nehmen.

Ich kenne die Männer. Das rührt an seine Ehre, daß ich annehmen könnte, er würde mich nicht nach Hause bringen, und er wird mich besonders gerne nach Hause bringen, um mir zu zeigen, was für ein anständiger Kerl er ist.

Hätte ich nicht angeboten, alleine nach Hause zu fahren, würde er mich zwar auch bis vor die Türe fahren, aber weniger freudig, und er käme sich vor wie ein Chauffeur und nicht wie ein Gentleman.

(Natürlich gibt es auch andere Männer, solche, die einem anbieten, für einen Fünfer nach Hause zu fahren, wenn man nicht bei ihnen übernachten will, was man nie will bei solchen Männern.)

Außerdem habe ich ihm mit dem Angebot auszusteigen zu verstehen gegeben, daß ich keinerlei Erwartung darin setze, daß sich unsere Begegnung vertieft, im Gegenteil, ich habe ihm in Erinnerung gebracht, daß sie bald beendet sein wird und er alleine in seinem Auto sitzen und nach Hause fahren wird, wo vielleicht auch niemand auf ihn wartet. Jetzt ist es an ihm, das zu verhindern, und das wird er tun.

Wir stehen vor meiner Tür, und ich steige aus und verabschiede mich. Ich danke ihm, daß er mir das Leben gerettet hat, und steige aus. Daß ich gesagt habe, er

hätte mir das Leben gerettet, ist unverbindlich und ver-
traulich zugleich, aber auch das zeigt keine Wirkung
und ich gehe zur Tür, um sie aufzuschließen. Ich höre,
daß er immer noch dasteht, und fummel extra lange
herum, bis ich den Schlüssel finde, aber ich drehe mich
nicht um. Ich höre, wie er mich ruft, und tue so, als ob
ich nichts höre. Ich schließe die Türe auf und gehe hinein, weil ich jetzt sicher bin, daß er aussteigen wird und
mir hinterherläuft. Er erwischt die Tür gerade noch, bevor sie zufällt. Ich tu überrascht, aber weil ich ihn nicht
in Verlegenheit bringen will, schließlich hat er mir auch
aus der Verlegenheit geholfen, als ich besonders blöde
dastand, und sich bisher mehr als anständig benommen,
frage ich ihn so selbstverständlich wie möglich, ob er
mit hinaufkommen will. Dabei bin ich auch ein bißchen
aufgeregt. Ich denke, wenn er jetzt mit zu mir kommt,
in meine stinkende Wohnung, ich weiß gar nicht, wie es
da aussieht, was herumliegt, duschen muß ich mich und
umziehen, solange kann ich ihn nicht einfach herumsitzen lassen. Nicht einmal ein Bier kann ich ihm anbieten.
Das ist keine gute Idee, daß er jetzt mit zu mir kommt.

Er sagt, er wollte noch ein Bier trinken gehen, ob ich
mitkommen möchte. Ich sage, sehr gerne, aber ich
möchte mich unbedingt vorher duschen und umziehen,
das dauert fünf Minuten, und er sagt, das geht in Ordnung, er wartet im Auto auf mich, und fünf Minuten
später steige ich ein, frischgewaschen in meiner besten
Unterwäsche, saubere Kleidung darüber, und wir fahren
los, etwas trinken.

10

Edelstoff

Er sagt, er möchte jetzt nicht nüchtern nach diesem Tag und dieser Fahrt zu Hause sitzen, und er braucht dringend etwas zu trinken. Ich sage ihm, daß ich das genauso wenig will und auch etwas zu trinken brauche und sehr gerne etwas mit ihm trinken gehen würde, außerdem hätte ich schon lange kein Bier mehr getrunken, abgesehen von dem heute morgen. Ich erzähle, wie sehr ich mich nach Bier gesehnt habe, und daß ich dachte, jetzt kommt die Erlösung, als er mit dem Kasten Bier ankam, und daß ich ihn für den Getränkelieferanten gehalten habe, den Be für mich bestellt hat, weil sie Mitleid mit mir hat.

Er erspart uns die müßige Entscheidung, wo wir hinfahren und an welchem Ort wir unser Bier einnehmen werden. Er fährt nach Hause, parkt das Auto, und wir gehen in ein Lokal um die Ecke, weil er nicht mehr autofahren will, nachdem er getrunken hat, oder besser, sagt er, weil er soviel trinken will, daß er danach nicht mehr autofahren kann.

Mir ist jetzt alles egal, weil ich frisch gewaschen und gekleidet bin. Taxigeld habe ich in der Tasche, von mir aus kann er soviel trinken, bis er umfällt. Ich denke nicht einmal mehr an Sex. Ob wir den haben werden oder eher nicht, weil er dann zu betrunken sein wird oder ich oder am wahrscheinlichsten, wir beide.

Jetzt, da ich nicht mehr auf jeden Fall verhindern muß, daß es zwischen uns zu Sex kommt, denke ich nicht mehr daran, obwohl es um einiges naheliegender ist als zuvor, daß es zwischen uns zu Sex kommen wird. Ich meine, wenn überhaupt der Gedanke auftauchen sollte, daß wir Sex haben könnten, dann genau jetzt, und nicht vorher.

Aber ich denke keine Sekunde daran. Nicht einen Wimpernschlag lang denke ich an Sex. Ich denke an Bier und freue mich darüber, daß ich sauber bin, und nicht alleine, ohne Bier, in meiner Wohnung sitzen muß oder, genauso trostlos, mit Bier, das ich mir am Kiosk geholt habe; Dosenbier miesester Qualität.

Das Bierlokal ist mir bekannt. Ich habe dort einmal, das ist Jahre her, einen Abend getrunken. Dieser Abend ist mir in Erinnerung, als wäre es gestern gewesen, obwohl er viele Jahre zurückliegt, weil dieser Abend der grauenvollste gewesen ist, den ich je erlebt habe, oder einer der ganz besonders schlechten, sagen wir, einer der fünf schlechtesten Abende, die ich erlebt habe.

Ich bin nie wieder dorthin gegangen, weil ich nicht mehr an jenen Abend erinnert werden wollte. An das Lokal selber kann ich mich kaum erinnern, ich kann nicht einmal sagen, ob es ein angenehmes oder ein mehr unangenehmes gewesen ist und ob die Leute dort angenehm oder unangenehm waren. Das habe ich damals gar nicht wahrgenommen oder wenn, dann nur am Rande.

Das Grauenvolle an jenem Abend waren weder das Lokal noch die Leute darin, sondern die Umstände und der Mensch, der schuld daran war, daß dieser Abend ein dermaßen grauenvoller wurde. Be war damals auch dabei. Sie hat mir an jenem Abend das Leben gerettet.

Schon als wir in diese Gegend gefahren sind, spätestens, als Peter das Auto geparkt hat, habe ich befürchtet, wir würden dorthin gehen, und jetzt gehen wir genau in dieses Lokal. Peter öffnet die Tür, und ich gehe hinein.

Tatsächlich ist dieser Abend nicht vor vielen Jahren gewesen, sondern vor nicht einmal zwei Jahren, aber obwohl er mir in jedem Detail in Erinnerung ist, als wäre es gestern gewesen, kommt es mir vor, als wäre das Jahre her, fast in einem anderen Leben gewesen.

Ich sage, nachdem wir uns gesetzt und Bier bestellt haben, daß ich hier schon einmal vor Jahren einen Abend verbracht habe, an den ich nicht mehr erinnert werden will, und deshalb dieses Lokal nie mehr besucht habe. Er sagt, so was kennt er. Er hätte auch so ein Lokal, das er wegen einer unangenehmen Erinnerung nie mehr besucht hat, und ob ich woanders hingehen will. Ich sage nein, das sei Jahre her, und es würde mir hier gut gefallen. Das tut es auch. Es ist sogar besonders angenehm, nicht zu hell, nicht zu dunkel, nicht zu voll und nicht zu leer, die Musik, eine angenehme Musik, in der richtigen Lautstärke, und auch die Menschen darin beleben das Lokal auf eine angenehme Weise, ohne daß sie weiter auffallen oder sich aufdrängen in ihrer Erscheinung. Ich meine, nichts ist aufdringlich, und mir ist sogar, als wäre ich nie zuvor hier gewesen. Deshalb erinnert mich auch nichts an jenen grauenvollen Abend. An den denke ich dann auch nicht weiter, im Gegenteil, ich beginne sofort, mich richtig wohl zu fühlen, und schon nach dem ersten Bier bin ich völlig entspannt.

Ich überlege nur kurz, was es zu bedeuten hat, daß Peter mich genau dorthin führt, wohin mich damals jener Mensch geführt hat, um mich zu erniedrigen und am Boden zu zerstören. Und daß dieser Abend verspricht, in dem Maße angenehm zu werden, wie jener Abend unangenehm war, und daß das auf beruhigende Weise zeigt, wie sich die Welt immer weiter dreht und man einmal auf den Füßen und einmal auf dem Kopf steht, aber als ich das denke, bin ich schon ziemlich betrunken.

Der Abend ist ein Abend der ganz besonders zwanglosen und netten, außerordentlich netten Art, wie sie es manchmal, aber ausschließlich, sind, wenn sie sich von selbst ergeben und nicht von langer Hand geplant und verabredet sind.

Hätten wir uns statt dessen verabredet, an einem der nächsten Abende ein Bier zusammen zu trinken, dann wäre garantiert ein mittelmäßiges bis mißlungenes Treffen daraus geworden. Auf jeden Fall hätten wir nie soviel Spaß gehabt wie an diesem Abend.

Verabredungen taugen nichts und gehen fast immer daneben. Wegen der Erwartung. Deshalb nehme ich immer das Schlimmste an, wenn ich zu einer Verabredung gehe. Dann wird es wenigstens immer besser als erwartet, und die Verabredung hat immer noch die Möglichkeit, eine besonders nette zu werden. Dieser

Trick funktioniert fast immer. Ich habe ihn irgendwann erfunden, als ich schon gar nicht mehr zu Verabredungen gehen wollte, weil sie immer eine Katastrophe waren. Je mehr ich mich gefreut und je mehr ich mir davon erwartet hatte, desto katastrophaler verliefen diese Abende. Dann bin ich eine ganze Weile zu Hause geblieben und nicht mehr weggegangen, weil ich wußte, ich würde wieder einen katastrophalen Abend verbringen. Irgendwann habe ich mich doch wieder verabredet, weil man auf Dauer nicht zu Hause bleiben kann, und habe mir gedacht, besser ein katastrophaler Abend als noch ein Abend zu Hause, und habe mich darauf besonders amüsiert. Aber nur weil ich mir wirklich absolut nichts erhofft habe. Nur dann funktioniert dieser Trick. Wenn man sich verabredet und denkt, mein Gott, soll ich da hingehen, das wird bestimmt ganz grauenvoll, besser ich bleibe zu Hause, und dann aber doch hingeht, weil man hofft, daß der Abend doch ein gelungener wird, weil man sich nichts davon erwartet, dann funktioniert das nicht. Man darf nicht das kleinste bißchen Hoffnung in sich haben, daß man einen gelungenen Abend verbringen wird, nur so hat man die Chance, doch noch einen gelungenen Abend zu verbringen. Und es heißt noch lange nicht, daß man sich amüsieren wird, nur weil man fest davon überzeugt ist, daß man sich langweilt. Was ich sage, ist, daß man nur so wenigstens die Möglichkeit hat, eine Verabredung zu überstehen, ohne daß sie zur Katastrophe wird.

Jener Abend damals, der ein echter Katastrophenabend war, war auch so eine lang geplante, oft verschobene Verabredung, auf die ich mich gefreut und in die ich größte Erwartung gesetzt hatte, und wenn ich es mir recht überlege, war das die letzte Verabredung, von der ich mir etwas erwartet habe, und danach habe ich monatelang das Haus nicht mehr verlassen, weil ich Derartiges nicht mehr erleben wollte.

Wenn Be nicht gewesen wäre, hätte ich diese Nacht nicht überlebt. Be hat damals wieder einmal bewiesen, daß sie, wenn es darauf ankommt, die beste Freundin sein kann und daß im Notfall absoluter Verlaß auf sie ist. Ich glaube nicht, daß ich mich immer noch derart auf Be verlassen könnte, so wie sie mich noch heute morgen in der größten Peinlichkeit hat stehen lassen.

Auf Be kann ich einen Dreck geben, denke ich auf einmal, obwohl es so ein netter Abend ist und ich am wenigsten an Be denken wollte.

Jahrelang hängt man an Menschen, obwohl es keinen Grund mehr dafür gibt und sie einem das Leben zur Hölle machen, nur aus Sentimentalität. Alles, was man mit diesen Menschen täglich erlebt, ist es nicht wert, weiter das Leben mit ihnen zu verbringen, und deshalb ein Grund, sich von ihnen zu trennen.

Aber aus Sentimentalität hängt man ihnen, und weil sie einen vor Jahren einmal glücklich gemacht haben oder man sich vor Jahren einmal auf sie verlassen konnte, hängt man an ihnen weitere Jahre lang, obwohl es längst keinen Grund mehr dafür gibt und alles dafür spricht, sich zu trennen. Weil man es nicht wahrhaben will, daß sich der Mensch und die Freundschaft zu ihm verändert oder sogar ins Gegenteil gekehrt hat. Deshalb hassen sich so viele und halten das für Liebe und kommen nicht mehr voneinander los.

Als ich das denke, bin ich so betrunken, daß ich sofort das Lokal verlassen muß. Ich weiß nicht mehr, was ich sage. Ob ich mir das alles denke, oder ob ich das zu Peter sage. Ich glaube, ich habe ihm das alles erzählt, weil er mich ganz ernst und fürsorglich, fast liebevoll anschaut. Ich sage, ich muß raus, und wir gehen. Wir laufen eine Weile in der Kälte herum, bis es mir wieder besser geht, und dann liege ich irgendwann in meinem Bett; wie ich dahinein gekommen bin, weiß ich auch nicht mehr, ich weiß nur, daß es nicht zu Sex gekommen ist.

Ich liege in meinem Bett und bin angezogen, bis auf die Schuhe. Die stehen ordentlich nebeneinander auf dem Boden vor dem Bett. Deshalb gehe ich davon aus, daß ich sie nicht selbst ausgezogen habe. Keine Ahnung, wie ich nach Hause und in mein Bett gekommen bin. Ich bin alleine, sonst liegt niemand in meinem Bett.

Weil ich aufwache und mich nicht erinnern kann, wie ich mich hingelegt habe, kommt es mir so vor, als hätte ich alles geträumt. Die letzten Tage und die Nacht.

Ich stehe auf und laufe durch die Wohnung, da sieht es so aus, wie ich mir das vorgestellt habe. Verschimmeltes Zeug auf dem Küchentisch, stinkendes Geschirr in der Spüle, alles so, als wäre jemand lange nicht mehr zu Hause gewesen, ohne es vorher geahnt zu haben. Also kein Traum.

Es stinkt in der Küche, deshalb mache ich das Fenster auf. Nachdem ich das gemacht habe und einmal durch die Wohnung gelaufen bin, lege ich mich wieder ins Bett. Mir ist gar nicht gut. Mir geht es miserabel. Es beunruhigt mich, daß ich nicht mehr weiß, wie ich nach Hause gekommen bin. Das passiert mir selten, aber hin und wieder. Obwohl ich nie so betrunken werde, daß ich mich nicht mehr erinnern kann oder die Kontrolle darüber verliere, was ich tue. Denke ich immer, und dann passiert es doch. Es ist mir peinlich, nicht zu wissen, wie ich mich benommen habe. Ob ich versucht habe, ihn zu küssen, oder intimste Details aus meinem Leben erzählt habe oder erzählt habe, wie nötig ich es habe. Alles unwahrscheinlich, aber doch möglich.

Ich meine, immerhin hat er sich aus dem Staub gemacht, ohne einen Gruß, eine Adresse oder Telefonnummer zu hinterlassen. Das spricht dafür, daß ich mich so benommen habe, daß er jeden weiteren Kontakt vermeiden will. Andererseits scheint er sich die Mühe gemacht zu haben, dafür zu sorgen, daß ich sicher in mein Bett gelange, und er hat mir sogar die Schuhe ausgezogen, was eine gewisse liebevolle Fürsorge voraussetzt. Denke ich mir einmal. Hätte er mich für ein elendes besoffenes Wrack gehalten, das man schnell wieder loswerden will, hätte er mir auch ein Taxi rufen, mich hineinsetzen und dem Taxifahrer meine Adresse sagen können.

Andererseits hätte er irgendeine Nachricht hinterlassen, wenn er mich wiedersehen wollte. Ich schäme mich so und weiß nicht, wofür und warum, das ist das Schlimmste. Ich hoffe, daß ich ihn nie wiedersehen muß. Ich liege in meinem Bett und versuche mich mit meinem dröhnenden Kopf zu erinnern. Ich bin froh, daß er nichts hinterlassen hat. Daß ich weder seine Adresse noch Telefonnummer weiß. Daß ich nicht in die Verlegenheit gerate, ihn anzurufen. Daß ich nicht in diese blöde Situation komme zu denken, ich müßte Kontakt zu ihm aufnehmen, obwohl ich das nicht will, weil ich mich in den Boden schäme für mögliche Peinlichkeiten, an die ich mich aber nicht erinnern kann.

Das ist das Schlimmste. Daß alles und gar nichts möglich ist. Weil es in meiner Natur liegt, gehe ich vom Schlimmsten aus. Daß ich versucht habe, ihn zu küssen, obwohl er es nicht wollte, daß ich anschließend intimste Details aus meinem Leben erzählt habe und daß ich es nötig hätte und um Sex gebettelt habe. Er ist mich nicht mehr losgeworden, weil ich mich an seinen Hals geklammert habe und ihn nicht mehr gehen lassen wollte, deshalb ist er mit zu mir gefahren und hat mir die Schuhe ausgezogen, und dabei bin ich eingeschlafen, und er hat sich erleichtert aus dem Haus geschlichen und ist saufroh, daß ich nicht weiß, wo er wohnt (nicht genau, zumindest, nur die Straße) und auch seine Telefonnummer nicht kenne. Auch nicht seinen Nachnamen (obwohl er sich da nicht sicher sein kann), um seine Nummer aus dem Telefonbuch herauszusuchen.

Einen Teufel werde ich tun. Ich werde ihn nie wiedersehen und den Abend ganz schnell vergessen und nie mehr darüber nachdenken, was ich mir an diesem Abend für Peinlichkeiten geleistet habe. Und dieses Lokal werde ich zum zweiten Mal nie wieder betreten.

Dabei lief der Abend so nett an. Wir haben über Bücher gesprochen, die wir beide gelesen haben, und haben festgestellt, daß wir die gleichen Bücher mögen, und wir haben uns Witze erzählt, und besonders lustig fand ich den von den zwei Aachenern im Aquarium, die den Fischen zuschauen, und der eine sagt zum anderen: *Also den janzen Tach unger Wasser, det wär' nix für misch.* Um den zu verstehen, muß man wissen, daß die Aachener immer alles auf sich beziehen und nach jedem dritten Satz sagen, das wär' nichts für mich oder das könnte ich nicht.

Das erklärt er mir, er kommt nämlich aus Aachen, und er macht mir vor, wie man in Köln spricht und wie in Düsseldorf und Bochum und Wuppertal und Bonn. Ich habe ihm von Bayern erzählt und wie die Niederbayern sprechen und die Oberbayern und die Franken, die sich auch für Bayern halten, aber keine sind. Wir haben viel gelacht, und er wollte immer mehr Bayrisch hören, weil er das gerne hört, und ich wollte immer mehr Rheinländisch und Ruhrländisch hören, weil ich davon gar nicht genug kriegen kann. Dazu haben wir immer abwechselnd ein großes Kölsch getrunken und einen Augustiner Edelstoff, der erstaunlicherweise in diesem Lokal ausgeschenkt wird und mein Lieblingsbier ist. Hin und wieder trinken wir dazwischen einen kleinen Klaren, und das muß es gewesen sein, was mich letztendlich umgeschmissen hat. Nur mit Bier passiert mir das nämlich nicht. Die Schnäpse waren es. Das bin ich nicht gewohnt.

Ich kann mich soweit erinnern, daß ich gemerkt habe, jetzt wird es zuviel, gleich kann ich nicht mehr stehen.

Ich bin dann aufgestanden und aufs Klo gegangen, das heißt, ich bin aufgestanden, um aufs Klo zu gehen, und dabei habe ich gemerkt, hoppla, jetzt war es zuviel. Ich konnte nicht mehr gerade gehen und habe alles doppelt gesehen, was ich immer für ein Volksmärchen gehalten habe, daß Betrunkene alles doppelt sehen, aber es ist wirklich so, wahrscheinlich, weil jedes Auge einzeln für sich guckt, nehme ich einmal an. Deshalb dieser stiere Blick. Das ist die Anstrengung, das Bild wieder zusammenzukriegen.

Mit so einem Blick bin ich dann wahrscheinlich aufs Klo gewankt. Da habe ich mich am Waschbecken festgehalten und mir kaltes Wasser über die Arme laufen lassen und ins Gesicht getan, was rein gar nichts hilft, und habe meine Blase entleert, was schwierig war, weil ich mich trotz völliger Trunkenheit nicht auf die Klobrille setzen wollte und im Stehen gepinkelt habe, wobei ich mehrmals fast umgefallen wäre und mich dabei auch noch angepinkelt habe, aber so, daß man es nicht sehen konnte. Dann habe ich mich auf den Klodeckel gesetzt und gewartet, bis es wieder besser wird, aber das wurde es nicht. Isch zurück (wie der Aachener sagen würde, weil er immer das Hilfsverb wegläßt), also, isch zurück, un aufn Stuhl jesetzt. Peter hat sich, glaube ich, Sorgen um mich gemacht, weil es mir gar nicht mehr gut ging, und er hat mir einen Kaffee bestellt. Aber davon wurde es auch nicht besser, es wurde alles nur noch schlimmer, und das Letzte, an das ich mich erinnern kann, war, daß ich an seinem Hals hing, weil ich dachte, ich müßte sterben, und nicht wollte, daß er mich dabei alleinläßt. Das ist alles, was ich weiß, aber peinlich genug, ihm für den Rest meines Lebens aus dem Weg zu gehen.

Für Be wäre sogar das eine Situation, die sie für sich nutzen würde. Betrunkensein und Hilflosigkeit. Der ist nichts peinlich, die führt solche Zustände sogar absichtlich herbei, um an den Schutzinstinkt der Männer zu rühren, wie sie sagt. *Der stärkste Instinkt, den ein Mann hat, neben dem Sexualtrieb.*

Ich überlege auch, ob wir vielleicht doch Sex hatten. Wenn, dann muß mich danach jemand wieder komplett angezogen oder zumindest die Hose zugemacht haben, weil ich das kaum selbst getan haben kann in dem Zustand, in dem ich war oder immer noch bin.

Da denkt man doch nicht daran, die Hose wieder hochzuziehen und zuzuknöpfen, bevor man sich zum Schlafen legt. Das ist sehr unwahrscheinlich, deshalb schließe ich aus, daß es zum Äußersten gekommen ist, und beschließe, den Abend zu vergessen und Peter zu vergessen und zu schlafen, bis es mir wieder besser geht und ich alles vergessen habe, und das tu ich dann auch.

tot

Ich habe mein Studium wieder aufgenommen und schreibe meine Arbeit zu Ende. Von morgens bis abends schreibe ich, und wenn ich nicht schreibe, dann lese ich. Ich mache nichts anderes und denke nichts anderes, und das ist gut so.

Ich hatte schon vergessen, wie das ist, zu arbeiten. Ich habe es vermißt, ohne daß ich das wußte. Sonst vermisse ich nichts. Die Freunde nicht und Be schon gar nicht. Das Ausgehen fehlt mir auch nicht. Es ist kalt geworden, da bleibe ich gerne daheim.

Eines Morgens, nach Tagen, Jahren, ich weiß nicht mehr wie lange, wache ich auf und bin tot. Ich stehe auf und putze mir die Zähne, ziehe mich an und alles, aber das bin ich nicht. Ich kann mich nicht mehr spüren, es ist, als würde ich mir dabei zusehen und als wäre ich eine Fremde. Ich weiß nicht, wo ich bin, aber auf jeden Fall bin ich nicht mehr in meinem Körper. Mein Geist hat sich von meinem Körper getrennt oder so etwas ähnliches. Ich schaue mir zu oder besser dem Körper, von dem ich weiß, daß er einmal zu mir gehört hat. Der sitzt da, in meiner Küche, und ißt eine alte Semmel vom Vortag mit Margarine und Erdbeermarmelade. Das würde ich nie machen, alte Semmeln essen. Lieber würde ich hungern. Noch dazu mit Erdbeermarmelade. Ganz zu schweigen von der Margarine. Ich hasse Erdbeermarmelade. Ich weiß gar nicht, wie die ins Haus kommt.

Dann setzt sich dieser Körper an meinen Schreibtisch und schreibt und schreibt und hört gar nicht mehr auf. Ich schaue ihm über die Schultern, was der da schreibt ohne meinen Kopf, und es ist tatsächlich nur Müll. Seitenweise Müll, ich kann das gar nicht anders beschreiben. Ich will mir die Haare raufen und laut schreien aus Verzweiflung, aber das geht nicht, weil ich keine Haare habe zum Raufen, keinen Mund zum Schreien. Weil mein Körper an meinem Schreibtisch sitzt und Müll schreibt ohne Ende. Und ich kann nichts tun.

Ich wache auf von einem Schrei. Der kommt aus meinem Mund. Das ist beruhigend. Ich schreie noch einmal, diesmal leiser. Das geht. Es ist mir egal, ob das ein böser Traum war oder nicht. Ich habe es verstanden. Ich muß damit aufhören. Sofort.

Ich stehe auf und schmeiße die Erdbeermarmelade in den Müll und eine Packung Margarine.

Ich ziehe mich an und gehe hinaus. Wie in ein neues Leben. Kaufe Semmeln und Brezen, Butter und eine Hagebuttenmarmelade. Dann laufe ich dreimal um den Block, froh, wieder zu Hause zu sein. Das hört sich jetzt verrückt an, aber das ist viel weniger verrückt als das, was in den letzten Wochen oder Jahren mit mir los war. Ich habe kein Zeitgefühl mehr. Ich bin nur unendlich froh, daß es vorbei ist, etwas Neues anfängt. Mein richtiges Leben. Wie das aussehen soll, mein richtiges Leben, weiß ich nicht, ich weiß auch nicht, was ich als nächstes tun werde, was ich anders machen muß. Es ist mehr so eine Ahnung in meinem Kopf, die mir sagt, daß ich das Richtige machen werde und daß es ganz egal ist, was es ist. Es wird gut sein. Das ist so ein ähnliches Gefühl, diese Euphorie, wie ich sie nach jener Nacht hatte, als Be auf der Straße stand und schrie. Aber damals wußte ich noch nicht Bescheid, deshalb habe ich nicht darauf gehört. Gedacht, das läge am Wetter. Heute weiß ich es besser.

Das ist das, was Be immer über den Leidensdruck sagt. Erst wenn der groß genug ist, wird man etwas an seinem Leben ändern. Nur wußte ich nicht, daß ich leide, daß ich ein erbärmliches Leben lebe. Kurz vor dem Schwachsinn. Ich habe es gar nicht gemerkt. Ich habe immer so weiter gemacht, bis ich mir sogar Margarine und Erdbeermarmelade gekauft und alte Semmeln gegessen habe. So weit habe ich mich von mir entfernt, ohne daß ich es bemerkt habe.

Ich lese, was ich in den letzten Tagen, Wochen, wie gesagt, es fehlt mir jedes Zeitgefühl, geschrieben habe, und es ist tatsächlich nur Müll. Verschrobenes, abgedrehtes Zeug, das kein Mensch versteht. Ich schmeiße alles in den Müll. Ich werde die Arbeit von vorne anfangen. Ganz anders.

Ich räume die Wohnung um. Verschiebe Möbel und wische Ecken aus. Ich will alles neu machen. Eine neue Wohnung, ein neues Leben. Ich schmeiß den ganzen Plunder raus, bis fast nichts mehr übrigbleibt. Danach ist mir wohler. Ich fühle mich wunderbar befreit. Das ist wie ein Rausch. Ich kann gar nicht mehr aufhören. Ich mache bei meinem Kleiderschrank weiter, und am Ende habe ich eine Ordnung wie nie zuvor.

Weil nichts mehr da ist. In meinem Kleiderschrank liegen noch zwei Pullover, eine Winterjacke, eine Jeansjacke, zwei Hosen, ein Rock, ein Kleid, drei Blusen und ein Pullunder. Dazu natürlich noch Unterwäsche. Drei Paar Strümpfe, fünf Unterhosen, zwei BHs und vier T-Shirts. Das ist alles. Mehr brauche ich nicht. Schön übersichtlich, kann man jederzeit in eine Tasche packen und verreisen. Ich muß mir nie mehr darüber Gedanken machen, was ich anziehe. Wenn ich etwas Neues kaufe, wie eine neue Hose, zum Beispiel, schmeiße ich eine alte Hose weg. Und so weiter. Bei den anderen Sachen genauso. Für jedes neue Teil wird ein altes entsorgt. Man zieht sowieso nie mehr an als das, was ich noch im Schrank hängen habe. Nur das Beste, versteht sich. Alles, was ich länger als drei Wochen nicht mehr getragen habe, soweit ich mich erinnern kann, kommt weg. Keine Sentimentalitäten.

Die Strickjacke mit den Streifen, die war früher meine Lieblingsjacke. Jeden Tag habe ich sie getragen. Aber jetzt schon lange nicht mehr. Die hat sich ausgetragen. Also weg damit.

Jedes Kleidungsstück, da bin ich mir sicher, hat eine bestimmte Tragekapazität. Die hat nichts zu tun mit dem Zustand der Kleidung. Da kann etwas pfenning gut in Ordnung und seine Tragekapazität schon lange erschöpft sein, oder umgekehrt.

Die Winterjacke, doppelreihig mit dem Fellkragen. Die trage ich seit drei Jahren. Das Fell scheuert sich ab, und der Saum hängt in Fetzen, aber die Tragekapazität ist noch lange nicht erschöpft. Das hat natürlich auch etwas mit Mode zu tun, ob etwas zeitlos ist oder sehr modisch, aber nicht nur. Es gab auch sehr modische Sachen, die ich lange über ihre Mode getragen habe. Die Tragekapazität sagt etwas über die wahre Qualität eines Kleidungsstücks, aber die zeigt sich erst nach Jahren. Die kann man nur erahnen. Genau wissen kann man das nie. Bei der Strickjacke habe ich mir auch gedacht, die trage ich ein Leben lang. Die war zeitlos, aber nicht langweilig, in Farben, die mir über alle Maßen stehen. Ich habe sonst kein Kleidungsstück und habe auch vorher nie eines besessen, das mir in seiner Farbigkeit dermaßen gut stand. Ich sah immer gut aus in dieser Jacke, strahlend. Egal, in welchem Zustand ich mich befand, habe ich die Jacke angezogen und gestrahlt. Es gibt Fotos davon, von verschiedenen Anlässen, weil ich sie immer anzog, wenn ich besonders gut aussehen wollte, und auf jedem Foto sehe ich gut aus. Dabei sehe ich selten gut aus auf Fotos. Ich habe ein Gesicht, das verblaßt auf Fotos. Aber nicht in dieser Jacke. Sogar auf den Schwarzweißfotos strahle ich. Und trotzdem mochte ich sie irgendwann nicht mehr anziehen. Mir gefielen die Farben nicht mehr.

Es fällt mir leicht, mich von allen Erinnerungsstücken zu trennen. Es ist mir ein Bedürfnis, aufzuräumen.

Am Abend sitze ich in der leeren Wohnung, vor meinem leeren Schreibtisch und spanne in meine Schreibmaschine ein leeres Blatt Papier. Ich fühle mich leicht, fast leer. Deshalb öffne ich eine Flasche Wein und lasse mich vollaufen.

12

peinlich

Die Tage gehen vorbei, da muß man aufpassen, daß einem das Leben nicht davonläuft.

Am Montag treffe ich Pit auf der Straße. Ich habe ein gelungenes Wochenende hinter mir, sogar nette Männer kennengelernt, die an mir interessiert waren und sogar Sex mit mir haben wollten, zumindest einer, aber ich war nicht wirklich daran interessiert.

Meistens genügt es mir schon festzustellen, daß einer an mir interessiert ist, dann weiß ich, ich könnte jederzeit Sex haben, wenn ich Sex haben wollte, und kann mir das anschließende Debakel ersparen; was so natürlich auch nicht stimmt, weil ich es deshalb noch lange nicht weniger nötig habe.

Und genau das will ich nicht. Einerseits schon, aber nicht wirklich. Mit *wirklich* meine ich, daß ich nicht will, daß sich ein nackter Körper auf mich drauflegt und die ganzen Sachen mit mir macht, die man so macht, wenn man Sex hat. Und daß der dann neben mir oder auf mir einschläft und neben mir aufwacht und am Ende auch noch mit mir frühstücken will.

Weil man nicht einfach nur Sex haben kann, und dann geht das Leben sofort wieder weiter, als wäre nichts gewesen. Zumindest nicht, wenn man mit einem netten Mann Sex hat, und je netter der Mann ist, desto schwieriger wird das ganze Drumherum, und weil ich lieber mit netten Männern Sex habe als mit Arschlöchern und Idioten, laß ich es eben bleiben.

Darüber kann Be nur lachen. Die hat damit keine Schwierigkeiten, weil ihr jegliche Sensibilität für solche Situationen fehlt. Deshalb ist ihr auch so gut wie nie etwas peinlich. Peinliche Situationen kennt die gar nicht. Während ich mich winde und wälze vor Peinlichkeit, versteht sie immer gar nicht, was los ist, und redet weiter peinliches Zeug und benimmt sich peinlich, und es macht ihr gar nichts aus und den anderen meistens auch nicht. Nur mir.

Das Geheimnis ist, daß Menschen, die keine Peinlichkeiten kennen, auch nie wirklich peinlich sind, weil die sich mit einer Unerschrockenheit und Natürlichkeit durchs Leben bewegen, daß der Gedanke an Peinlichkeit gar nicht auftaucht. Gerade deshalb, weil er diesen Menschen völlig fremd ist. Peinlichkeit kann nur entstehen, wenn das Wissen darum da ist. Fehlt es ganz, gibt es auch keine wirkliche Peinlichkeit.

Weil jeder Schritt von mir und jedes Wort mit dem Wissen um mögliche Peinlichkeit und, wie man sie vermeiden kann, begleitet ist, gerate ich viel schneller in die Gefahr, peinlich zu sein, als Be, obwohl ich mich mit Abstand weit weniger peinlich benehme. Das ist der Vorteil an Unsensibilität, daß einem jede Peinlichkeit erspart bleibt.

Pit kommt mir auf der Straße entgegen. So, daß es für mich keine Möglichkeit gibt, der Begegnung auszuweichen. Ich starre sie an, weil mir das Gesicht bekannt vorkommt. Und weil ich in diesem Moment ganz woanders bin mit meinen Gedanken, komme ich nicht darauf, woher ich sie kenne. Als es mir einfällt, will ich schnell wegschauen und an ihr vorbeilaufen, als hätte ich sie nicht gesehen, aber da hat sie mich schon gesehen, weil ich sie derart angestarrt habe, daß sie auf mich aufmerksam werden mußte. Sie erkennt mich sofort.

Sie bleibt stehen und lacht freudig. Sie freut sich, mich zu sehen. Sie nimmt meine Hände und drückt sie ganz fest und küßt mich auf die Wange. Das ist mir unangenehm, wie es mir immer unangenehm ist, wenn Menschen mir zu nahe kommen und körperlich werden.

Pit ist so ein körperlicher Mensch. Die faßt einen immer an, wenn sie mit einem spricht. So was macht mich verlegen, weil ich nicht weiß, wie ich mich verhalten soll, um den anderen nicht vor den Kopf zu stoßen und gleichzeitig Abstand zu nehmen.

Pit kann ich das noch weniger zeigen, daß mir ihre körperliche Nähe unangenehm ist, weil sie denken könnte, das wäre deshalb, weil sie lesbisch ist und ich denken würde, daß sie mir zu nahe tritt. Das ist natürlich Unsinn, so was würde ich nie denken. Ich halte einfach lieber Abstand zu den Menschen, egal, wie nahe sie mir stehen.

Aber ich freue mich dann auch, sie zu sehen.

Sie sagt, sie wäre in Eile, würde mich aber gerne sprechen und ob ich später Zeit hätte, einen Kaffee mit ihr zu trinken. Zeit habe ich mehr als genug, deshalb verabreden wir uns um drei in einem Café.

Bis dahin sind es noch vier Stunden, und diese vier Stunden verbringe ich damit, darüber nachzudenken, was Pit mit mir bereden will. Sie hat ausdrücklich gesagt, sie möchte sich mit mir unterhalten, also muß es etwas geben, was mich direkt betrifft, und dabei kann es sich nur um ihren Bruder handeln. Oder um Be natürlich. Vielleicht hat sie wieder Streit mit Be und will von mir wissen, wie ich die Lage einschätze und wie ich Be einschätze.

Vielleicht will sie auch, daß ich zwischen Be und ihr vermittle, aber das werde ich nicht tun, weil ich mit Be nicht mehr spreche. Das werde ich ihr auch sofort sagen, daß es keinen Sinn hat, mit mir über Be zu reden, weil ich dafür der ganz falsche Mensch bin, weil ich jeden Kontakt zu Be abgebrochen habe und sie für mich erledigt ist und daß ich darüber nie wieder ein Wort verlieren werde.

Das werde ich ihr noch sagen, bevor sie überhaupt den Mund aufmacht, und dann kann sie sich überlegen, ob sie sich mit mir unterhalten will oder nicht.

Da ich weder über Be noch über Pits Bruder mit Pit sprechen will, gibt es keinen Grund, mich mit Pit zu unterhalten und zu dieser Verabredung zu gehen.

Ich komme fünf Minuten zu früh, und Pit sitzt schon da, an einem der Tische. Ich bin so verwirrt, daß ich mir ein Bier bestelle, obwohl es mitten am Tag ist.

Ich bestelle ein Bier, weil ich immer ein Bier bestelle oder einen anderen Alkohol, wenn ich auswärts trinke. Ich gehe nie zum Kaffeetrinken in ein Café. Kaffee kann man auch zu Hause trinken, dafür muß man sich nicht außer Haus begeben. Bier kann man natürlich auch zu Hause trinken, wie alles andere auch, aber das sollte man nicht, weil Alkohol, alleine zu Hause eingenommen, eine ganz traurige Sache ist, die nicht zur Gewohnheit werden darf.

Es ist mir ein Rätsel, über das ich viel nachgedacht habe, warum mich Alkohol bei Tageslicht müde und benommen macht, während er nachts das Gegenteil bewirkt. Ob das am Licht liegt oder an meinem niedrigen Blutdruck, der erst am Ende des Tages zur Höhe auffährt.

Ich trinke einen großen Schluck, und schon rauscht mir das Bier in die Beine. Pit sitzt vor einem Kännchen Darjeeling und will sich mit mir über die Vorteile des Teetrinkens im Vergleich zum Kaffeetrinken unterhalten. Das interessiert mich nicht. Weder Tee noch Kaffee. Ich will wissen, was sie von mir will, und warte darauf, daß sie endlich damit herauskommt. Das tut sie nicht. Sie plappert immer weiter unwichtiges Zeug, als hätte sie sich deshalb mit mir treffen wollen, um sich mit mir über Orte zu unterhalten, an denen man angenehm den Winter verbringen kann, weil dort die Sonne scheint, während es bei uns kalt ist. Sie hat nach einer halben Stunde nicht in einem Satz Be erwähnt, nicht einmal im Nebensatz. Ich halte das nicht mehr länger aus und frage sie nach Be. Ich, die auf keinen Fall mehr in diesem Leben über Be sprechen wollte, am wenigsten mit Pit, frage sie nach Be.

Pit ist ein ganz besonders ausgekochtes Stück, denke ich mir. Die kocht mich weich, indem sie mich langweilt, bis ich platze und sie von mir aus dazu bringe, das zu tun, was ich um alles in der Welt geschworen habe zu vermeiden, nämlich über Be zu sprechen.

Noch mehr als das. Ich frage sie, wie es Be geht, und sie schaut mich an, als hätte sie diese Frage am allerwenigsten von mir erwartet. Als wäre es das Abwegigste auf der Welt, daß sie mit mir über Be redet, und sie sagt nur *gut* und redet gleich wieder weiter von Steinstränden und irgendwelchen Inseln im Pazifik.

Draußen wird es dunkel, und ich bestelle mir noch ein Bier. Pit redet und redet, und ich frage mich, was will die von mir. Was ist mit Be? WAS IST HIER LOS?

Was ist hier los? frage ich sie. Ich bin selbst überrascht, als ich höre, wie dieser Satz aus meinem Mund kommt und sich zwischen uns auf den Tisch setzt. Wieder ist es so einfach, denke ich. Wenn man etwas wissen will, muß man fragen. Warum komme ich immer zuletzt auf die einfachste Lösung. Stundenlang rutsche ich auf meinem Stuhl herum und warte darauf, daß sie endlich damit herauskommt, lasse mich langweilen und verschaukeln, als müßte das so sein. Anstatt zu fragen, was sie will.

Mein ganzes Leben lang habe ich mich verschaukeln lassen, von Menschen wie Pit und Be, weil ich dachte, das muß so sein. So wie Be immer jeden Preis für alles zahlt, weil sie denkt, das muß so sein, lass' ich mich verschaukeln, weil ich denke, die anderen machen und ich muß mitmachen.

Zum ersten Mal in meinem Leben habe ich das Gefühl, daß ich wirklich etwas begriffen habe. Etwas Wesentliches.

Be hat das schon viel früher verstanden. Sie macht zwar einen Haufen Blödsinn, aber sie verliert dabei nie das Wesentliche aus den Augen und das, was sie vom Leben will. Nur das Beste, versteht sich. Den Edelstoff. Dafür probiert sie alles aus, macht vor nichts halt, nicht einmal vor Frauen, ist ihr nichts zu blöde, und irgendwann wird sie das Glück finden, so wie sie es schon öfter gefunden hat, um es dann wieder wegzuschmeißen und weiterzusuchen.

Während ich mich in einem ewig gleichen Zustand befinde. Ich warte und hoffe, daß endlich etwas passiert. Ich weiß nicht einmal, was passieren soll. Etwas Großes soll es sein. Glücklich soll es mich machen, für immer auf Erden. Nicht einmal eine Ahnung habe ich davon, wie mein Glück aussehen soll. Alles, was ich weiß, ist, was ich nicht will. Was mich am Leben hält, ist die Hoffnung, daß irgendwann alles gut wird und das Glück über mich kommt. Das ist zu wenig. Das wird sich jetzt ab sofort ändern. Mein Leben wird sich ändern, und jetzt weiß ich auch, wie.

Ich frage mich, warum sitze ich hier mit Pit. Warum habe ich mich mit ihr verabredet? Weil ich neugierig bin. Weil ich wissen will, wie es mit Be läuft und was sie von mir will. Weil ich es doch wissen will und mich das Intimleben der anderen schon immer interessiert hat, allein schon zum Vergleich und weil man auch aus den Fehlern anderer lernen kann, und das viel schmerzfreier.

Pit versucht so zu tun, als hätte ich einen Witz gemacht. Ich bleibe ernst, und dann wird sie auch ernst und sagt, sie hätte Schwierigkeiten mit Be und ob ich ihr helfen könnte.

Sie sagt, Be geht es gar nicht gut, aber die würde sich ihr immer mehr entziehen und nicht mit ihr darüber reden. So ein Verhalten kennt sie nur von Männern. Sie ist ratlos und weiß nicht, was sie tun soll, aber sie möchte Be helfen, weil ihr sehr viel an ihr liegt, und möchte sie auch auf keinen Fall verlieren.

Ich sage, ich kann ihr leider nicht helfen, weil ich jeden Kontakt zu Be abgebrochen habe.

Auf dem Nachhauseweg denke ich darüber nach, warum es Be schlecht gehen könnte. Vielleicht wegen Karl, und ich bleibe vor Karls Tür stehen, ganz leise, um zu lauschen, ob etwas zu hören ist von Be und den Kindern, aber es ist still wie immer.

Eine große Ruhe macht sich in mir breit. Vor dem Schlafen denke ich noch an Pit, wie sie traurig an dem Kaffeetisch saß und die ganze Fröhlichkeit von ihr abgefallen war. Sie muß Be wirklich lieben.

Ich denke darüber nach, ob ich auch mit Frauen ins Bett gehen könnte, aber obwohl ich mir gerne schöne Frauen anschaue, ihnen sogar manchmal hinterherschaue, reizt mich der Gedanke gar nicht, Sex mit ihnen zu haben. Ich wüßte gar nicht, was man da macht. Ich stelle mir das vor wie Sex mit mir selbst, und der interessiert mich auch nicht. Nicht einmal, wenn ich es dringend nötig habe, so wie jetzt.

Ich stelle mir Pit und Be im Bett vor, aber es kommt keine richtige Vorstellung dabei heraus, und ich schlafe ein.

13

Wut

Nach dem Frühstück gehe ich zu Karl hinunter. Be macht mir die Tür auf. Obwohl ich vermutet habe, daß sie wieder bei Karl ist, überrascht es mich doch, als sie plötzlich vor mir steht. Damit habe ich nicht gerechnet. Wenn ich damit gerechnet hätte, dann hätte ich auf keinen Fall geklingelt. Dabei habe ich deshalb bei Karl geklingelt, weil ich wissen wollte, wie es ihm geht und ob Be bei ihm ist. Da hätte ich mir denken können, daß, wenn sie bei ihm ist, sie mir die Tür aufmacht.

Ich bin auf Be nicht vorbereitet und springe fast zurück vor Schreck. Sie hat nur einen Bademantel an und sieht aus, als würde sie gerade aus dem Bett kommen. Sie ist nicht überrascht, mich zu sehen. Ach du bist es, sagt sie müde. Ich wollte später zu dir raufkommen, bist du da?

Ich bin überrumpelt. Schließlich habe ich geklingelt, jetzt kann ich schlecht so tun, als würde ich nicht wollen, daß sie was von mir will.

Erst später beim Frühstück fällt mir auf, daß Be einen Bademantel anhatte und so aussah, als würde sie aus dem Bett kommen. Aus Karls Bett, was heißt, daß sie wieder mit Karl ins Bett geht. Zu gewöhnt bin ich noch an den Anblick, daß Be mir in einem Bademantel die Tür aufmacht, als daß ich mir etwas dabei gedacht hätte.

Damit ist Pits Sorge also berechtigt, und Be spielt wieder das alte Spiel mit ihr, daß sie sie so lange schlecht behandelt, bis Pit sie verläßt. Damit ist sie aber bei Pit an der Falschen. Die hält noch mehr fest an ihr, wenn sie schlecht behandelt wird.

Be ist schon längst wieder bei Karl, und Pit weiß nichts davon. Ich werde ihr bestimmt nichts davon sagen, aber ich finde, sie sollte es wissen. Be sollte auch wissen, was ich von ihr halte. Das hat sie verdient, als gute Freundin, daß man fair zu ihr ist und sagt, was man von ihr und ihrem Verhalten hält. Das werde ich ihr sagen, später, wenn sie zu mir hochkommt. Das muß ich wenigstens noch tun, bevor ich mit ihr breche. Mir entgeht nichts, kein mieser Trick, keine beschissene Lüge.

Be würde das nie tun, mir sagen, was sie von mir hält. Be drückt sich vor jeder Auseinandersetzung. Die versucht immer nur, anderen ein schlechtes Gewissen zu machen, um sich dann mit gutem Grund zu verdrücken. Eine ehrliche aufrechte Auseinandersetzung kennt die gar nicht.

Vor ihren Eltern ist sie davongelaufen, und dann hat sie sie belogen. So wie sie alle anderen auch belügt, und an erster Stelle sich selbst. Ein Lügenleben ist das, was Be lebt, anders kann man das gar nicht nennen. Ich wette, das hat noch nie im Leben einer zu ihr gesagt. Alle sind sie feige und drücken sich um die Auseinandersetzung.

Deshalb bleibt die Welt so, wie sie ist. Auch wenn es wenig nützt, jemandem, der sich sein Leben lang selbst belügt, die Wahrheit zu sagen, weil sie seine ganze Existenz auf einen Schlag vernichten würde, muß man das tun.

Schon dem eigenen Gewissen zuliebe, daß man nichts unversucht gelassen hat, die Welt zu verbessern und Menschen wie Be zu sagen, was für ein ärmlicher Wicht sie sind.

Ich denke mich in Rage und kann gar nicht mehr damit aufhören, und als ich gerade mittendrin bin, klingelt Be an der Tür. Ich öffne ihr die Tür und lege los, wasche ihr den Kopf, bevor sie noch richtig in der Wohnung ist. Dann ist es still. Ich habe alles gesagt. Be sitzt vor mir auf einem Stuhl und starrt mich an, das heißt, sie schaut mehr durch mich hindurch mit einem starren Blick, daß ich gar nicht weiß, ob sie richtig bei sich ist, fast ein bißchen irre sieht das aus, richtig beängstigend. Ich bin mir gar nicht sicher, ob sie das überhaupt verstanden hat, was ich ihr gerade gesagt habe, so wie die aussieht. Dann fängt sie an zu heulen, die Tränen spritzen aus ihr heraus, und sie fällt auf ihrem Stuhl zusammen und schluchzt leise vor sich hin.

Das ist mir unangenehm, mit dieser Reaktion habe ich nicht gerechnet. Ich denke mir, das ist wieder so ein Trick von ihr. Wenn alles nichts mehr hilft, fängt sie an zu heulen, dann muß sie nichts sagen und macht dem anderen gleichzeitig ein schlechtes Gewissen, daß er sie so hart rangenommen hat. Ich gehe einfach raus aus der Küche, wo sie sitzt, und lege mich auf mein Bett.

Obwohl ich so tue, als ob mich die ganze Heulerei nichts angeht, nimmt es mich doch ganz schön mit, das

Geschluchze in meiner Küche. Dabei weiß ich, daß Be auf Anhieb heulen kann. In der Schule hat sie das immer so gemacht und auch sonst, wenn es ihr gelegen kam. Sie hat mir erklärt, sie muß nur an etwas Trauriges denken, und schon kommen ihr die Tränen.

Das jetzt hört sich wirklich verzweifelt an. So sehr, daß ich fast weich werde und hinausgehen will zu ihr. Sie trösten, ihr sagen, daß ich das alles gar nicht so gemeint habe. Fast hat sie mich wieder soweit, aber ich gebe nicht nach und bleibe liegen. Das Weinen wird leiser, dann ist es eine ganze Weile still, und dann höre ich, wie die Tür ins Schloß fällt.

Die wird sich schon wieder beruhigen, sage ich mir, schließlich mußte ihr das mal einer sagen, und besser, sie hört es von mir, von der sie weiß, daß ich zu ihr halte, immer gehalten habe, solange das ging, als von jemandem, der sie nicht so kennt wie ich und den sie nicht ernst nehmen muß.

Aber ich fühle mich nicht wohl dabei und kann den ganzen Tag an nichts anderes mehr denken.

Ich habe Be schon oft heulen gesehen. Auch als sie richtig unglücklich und verzweifelt war. Aber das war anders. Ich weiß nicht warum, aber ich mache mir Sorgen. Ich kenne Be, und ich weiß, daß es diesmal nicht so ist wie sonst.

Be reagiert schnell über. Wie damals, wegen Will. Da kam sie zu mir.

Sie war so verzweifelt, daß ich mir Sorgen um sie gemacht und überlegt habe, wie ich ihr helfen könnte.

Als ich sie Tage später darauf angesprochen habe, wußte sie gar nicht, wovon ich spreche. Oder sie hat so getan.

Ach das, hat sie gesagt und getan, als würde das Jahre zurückliegen. Ach das, und dabei hat sie mit der Hand gewedelt, als wollte sie ein lästiges Insekt verscheuchen.

Mein Gott, eine Affaire. Ich hätte doch nicht im Ernst geglaubt, sie würde ihre Beziehung mit Karl wegen einer Fickgeschichte aufs Spiel setzen. Dabei hat sie mich angeschaut, als hätte ich sie nicht alle und wüßte nicht, was ich da sage. Als wäre das alles meine Idee gewesen.

Damals ging es auch nicht um Will, wahrscheinlich hatte sie deshalb vergessen, wovon ich rede. Da ging es schon lange um Pit, nur ich wußte nichts davon. Ich habe mir den Kopf zerbrochen, wie Be aus der Geschichte mit Will wieder herauskommt.

Aber auch ihre Verzweiflung damals, die ohne Zweifel eine echte war, auch wenn es nicht um das ging, was ich glaubte, war eine andere. Sie hat auch geheult, und die Tränen sind aus ihr herausgespritzt, aber sie hat dabei geschrien und die Arme in die Luft gestreckt.

Es war Verzweiflungstheater, wie alles bei Be immer Theater ist, auch die echten Gefühle. Be macht aus allem Theater, und diesmal war es kein Theater. Auch kein stilles. Zum ersten Mal hatte ich bei Be das Gefühl, daß sie nicht die Situation steuert. Daß sie überwältigt ist von etwas, das ihr jede Kraft nimmt.

Das ist mir schon aufgefallen, als sie mir die Tür aufgemacht hat. Daß etwas anders ist an ihr. Daß sie kein Theater spielt. Sie sah müde aus und erschöpft und sonst nichts. Keine große Geste der Müdigkeit oder Erschöpfung. Jeder Zustand wird von Be überbetont. Be ist nicht einfach nur müde. Ohne einen Hinweis darauf, warum und wie müde sie ist. Diesmal war es anders.

Ich gehe hinunter. Ich stehe eine Weile leise vor der Tür, aber es ist kein Laut zu hören. Dann klingle ich. Nichts passiert. Ich bin mir sicher, daß sie in der Wohnung sitzt, aber irgendwas hält mich davon ab, lange zu klingeln oder an die Tür zu klopfen.

Ich habe Angst vor Be, weil sie so anders ist. Anders, als ich sie kenne, und ich weiß nicht, wie ich mich ihr gegenüber benehmen soll. Es ist, als würde ich bei einer fremden Frau vor der Tür stehen und klingeln. Das macht mir angst. Daß mir eine fremde Frau die Tür aufmacht, und ich weiß nicht, was und wie ich mit ihr reden soll.

Es klingelt an der Tür, davon wache ich auf. Ich bin verwirrt, weil ich einen wirren Traum hatte. Ich denke als erstes an Be und renne an die Tür, noch ganz verschlafen, aus Sorge, daß sie wieder hinuntergeht, wenn ich ihr nicht aufmache.

Peter steht vor der Tür. Damit habe ich nicht gerechnet. An den habe ich gar nicht mehr gedacht. Er lacht und sagt, er hätte überall geklingelt, weil er meinen Namen nicht wußte. Zum Glück wäre ich die einzige, die zu Hause ist. So ein Glück. Die einzige, die in dem ganzen Haus zu Hause ist, bin ich, und mich hätte er gesucht.

Ich stehe da mit meinem verschlafenen Gesicht und dachte, das ist Be, nur deshalb habe ich die Tür aufgemacht, sonst wollte ich niemanden sehen. Eigentlich würde ich mich freuen, daß er vor meiner Tür steht, aber ich sage nur, ich habe keine Zeit, und mach schnell die Tür wieder zu, damit er nicht länger in mein verschlafenes Gesicht schaut. Ich bin noch gar nicht richtig da. Dann schaue ich in den Spiegel. Das sieht nicht gut aus. Das dachte ich mir. Es klingelt wieder an der Tür, wahrscheinlich denkt er, das war ein Witz.

Ich lege mich wieder ins Bett. Ein komischer Tag ist das. Immer kommt alles anders, als man denkt, oder wenn man nicht daran denkt.

Ich denke, daß Peter mich jetzt für durchgeknallt hält. Nicht nur peinlich, sondern auch noch durchgeknallt.

Ich bleibe den Rest des Tages im Bett liegen. Ich habe nicht den Mut und die Kraft, Be anzurufen. Immer wenn ich daran denke, liegt mir der Gedanke wie ein Stein im Magen.

Ich denke auch, Peter könnte von mir denken, ich wäre nicht einfach nur durchgeknallt, sondern sauer auf ihn, daß er sich davongeschlichen hat, ohne eine Nachricht.

Das ist noch unangenehmer.

Am nächsten Morgen ruft Pit an. Sie entschuldigt sich bei mir. Sie sagt, sie hätte ein schlechtes Gewissen, weil ich glauben könnte, sie hätte mich nur dazu benutzen wollen, um bei Be ein gutes Wort für sie einzulegen, und sie wollte mir sagen, daß das nicht der Fall ist, das heißt, sie wollte schon, daß ich das tue, aber nicht in erster Linie. In erster Linie hätte sie sich mit mir treffen wollen, weil sie mich mag, und jetzt mag sie mich noch mehr (nachdem ich sie schlecht behandelt habe) und will mich zum Essen einladen.

Das war ungefähr der Sinn dessen, was sie mir in einem halbstündigen, umständlichen Monolog ins Ohr gesprochen hat. Ich habe erst nach zehn Minuten begriffen, was sie von mir will.

Ich denke, was wollen die alle von mir. Ich dachte, diese Geschichte wäre abgeschlossen. Ich dachte, die seh ich nicht mehr wieder, nachdem ich ihr zu verstehen gegeben habe, daß ich mit ihr und ihrer Geschichte mit Be und Be im besonderen nichts zu tun haben will.

Ich habe sie gerade deshalb so schlecht behandelt und meine Absicht mehr als eindeutig zu verstehen gegeben, damit sie mich in Ruhe läßt, und das hat genau das Gegenteil bewirkt, nämlich, daß sie sich jetzt wie eine Klette an mich ranwirft.

Da versucht man, sein Leben lang alles richtig zu machen und den Menschen zu gefallen, denen man gefallen möchte, und glaubt an das Gute, und dann bestätigt sich wieder, daß man die Menschen nur schlecht behandeln muß, und schon fressen sie einem aus der Hand.

Es schmeichelt mir, daß eine schöne Frau wie Pit hinter mir herrennt, und es erstaunt mich, wie es mich immer erstaunt, wenn ich merke, daß Menschen mich mögen und meine Freunde werden wollen. Natürlich weiß ich, was ich wert bin und daß jeder Mensch sich mehr als glücklich schätzen kann, mich zur Freundin zu haben, aber es erstaunt mich dann doch immer, wenn einer das tatsächlich erkennt.

Das ist kein mangelndes Selbstvertrauen, sondern ein mangelndes Vertrauen in die anderen, daß die meine Qualitäten nicht erkennen, weil sie dumm sind und sich blenden lassen. Von Menschen, die sie schlecht behandeln oder von anderen Dummköpfen.

Aus diesen Gründen sage ich ihr zu. Auch, weil ich ein mildes Herz habe und schwer nein sagen kann, wenn sich jemand duckt und angekrochen kommt.

14

banal

Am Abend gehe ich zu Pit zum Essen. Ich bin zwar gar nicht in der Stimmung für ein Abendessen, aber der Gedanke beruhigt mich, mit Pit zu sprechen. Ihr alles zu erklären, und dann kann sie das Be noch mal erklären. Wenn sie überhaupt noch mit Pit spricht. Mir fällt wieder ein, daß Be aus Karls Bett kam und daß Pit wahrscheinlich gar nichts davon weiß und daß es für mich eine besonders unangenehme Lage ist, mehr zu wissen als sie. Von dem Ende zu wissen, von dem Pit möglicherweise noch nichts weiß. Also muß ich unter allen Umständen vermeiden, daß von Be gesprochen wird. Was schwierig wird. Das Essen wird ein einziger Krampf werden, und ich weiß jetzt schon, daß ich keinen Bissen herunterbekommen werde.

Pit wohnt in einem großen Haus mit einer steilen Treppe und roten Läufern auf den Stufen. Eins von diesen alten hochherrschaftlichen Häusern. Die Klingel ist ein bronzenes Löwenmaul mit einem Ring darin, den muß man anheben.

Pit macht die Tür auf, nimmt mich am Arm und zieht mich in die Wohnung und macht schnell die Tür wieder zu. Ich will was sagen, aber sie legt den Finger auf die Lippen und bringt ihren Kopf ganz dicht an meinen. Ich denke, sie will mich wieder küssen, und halte ihr

meine Wange hin, aber sie flüstert mir ins Ohr, Peter ist
hier, ob mir das recht ist, er wollte nicht wieder gehen,
als er hörte, daß ich zum Essen komme. Ob mir das
recht ist, ihn zu treffen, sonst würden wir in ein Restaurant gehen, uns hinausschleichen und ihn hier sitzen
lassen, sie würde mich natürlich einladen. Das gefällt
mir. Ein schöner Gedanke.

Ich flüstere, dann laß uns gehen, und sie kichert und
zieht sich eine Jacke an. Wir gehen hinaus, und sie
steckt von außen den Schlüssel ins Schloß und macht
leise die Tür zu. Dann rennen wir die Treppe hinunter
und um die Ecke und noch mal um die Ecke und bleiben stehen und halten uns die Bäuche vor Lachen. Wie
Schulmädchen bei einem Klingelstreich. Pit nimmt
meine Hand und sagt *komm*, und führt mich über die
Straße zu einem chinesischen Restaurant, wo die nackten Enten im Fenster hängen.

Wir gehen Hand in Hand über die Straße und sogar
in das Lokal hinein, ohne daß mir das im geringsten unangenehm ist. Im Gegenteil. Es ist schön. Wie früher,
als man sich auf seine beste Freundin noch verlassen
konnte.

Pit fragt mich erst, magst du chinesisch (und ich denke mir, das klingt fast wie, magst du französisch, aber
das ist das einzige Mal an diesem Abend, daß ich so was
Sexuelles denke). Ich sage, nur die Suppen, aber ich esse
gerne eine große Nudelsuppe, und wir gehen hinein.

Ein großer weiter Raum, voller Chinesen und großen
Fenstern zur Straße hin. Wir setzen uns an einen kleinen Tisch am Fenster und schauen in die Speisekarte.

Ich sage zu Pit, schade um das Essen, das sie gekocht hat. Sie kichert und sagt, das kann jetzt Peter essen. Sie kichert und kichert und lacht und will was sagen und kann aber nicht reden vor lauter Lachen. Ich muß mitlachen, und sie hält sich den Bauch und sagt, das war der Spaß wert. Das kann man kaum verstehen, weil sie immer noch lacht und kaum sprechen kann. Wir sitzen da und lachen wie die dümmsten albernen Hühner, aber es ist lustig.

Den letzten Lachkrampf hatte ich mit Be, vor vielen Jahren. Wir hatten Urlaub gemacht in Saint Tropez in einem Haus von Freunden von Bes Eltern. Wir haben einen ganzen Abend gelacht. Es waren noch andere dabei, die sind gegangen, weil sie uns nicht mehr ertragen konnten. Es gab nicht einmal einen Grund, worüber wir lachen mußten. Wir mußten uns nur anschauen, dann ging es los. Das wurde uns selbst zuviel. Jede ist in ein anderes Zimmer gegangen, aber man konnte trotzdem die andere lachen hören und mußte sofort wieder lachen. Ich ging aufs Klo und mußte lachen, ich legte mich ins Bett und mußte wieder lachen, weil ich Be in ihrem Bett kichern hörte. Das nahm kein Ende. Wir dachten, wir müßten daran sterben. Das ging über Stunden, und am nächsten Tag hatten wir Muskelkater.

Ich bestelle mir eine große Nudelsuppe mit Ente, und Pit bestellt sich irgendwas mit Ente und Ingwer. Ich bestelle mir ein Bier, und Pit bestellt sich auch ein Bier. Jetzt lachen wir nicht mehr und warten auf das Essen.

Ich hole meine Zigaretten heraus und biete Pit eine an, obwohl ich weiß, daß sie nicht raucht. Sie nimmt die Zigarette und holt ein Feuerzeug aus ihrer Tasche und gibt mir Feuer und zündet ihre Zigarette an und nimmt einen tiefen Zug, wie jemand, der es gewohnt ist, zu rauchen.

Du rauchst, frage ich, obwohl es blöde ist, erst jemandem eine Zigarette anzubieten und ihn dann zu fragen, ob er raucht. Pit sagt, sie hätte sich gemeinsam mit Be das Rauchen abgewöhnt, das war mehr eine Wette, wer länger durchhält, was heißt, daß sie nur raucht, wenn Be nicht dabei ist, und grinst. Ich denke mir, da wird sie jetzt viel zum Rauchen kommen. Sie sagt, in letzter Zeit raucht sie wieder mehr.

Weil sie es angesprochen hat, frage ich nach Be. Ob alles wieder gut ist. Obwohl sie mir gerade zu verstehen gegeben hat, daß sie Be selten sieht. Pit sagt, nichts ist gut. Bes Mutter sei gestorben, und das hätte sie völlig umgeworfen, und sie wäre erst mal wieder zu Karl zurück, weil sie einen Halt brauchte, und den konnte sie ihr nicht geben, dafür wäre ihre Liebe noch zu neu. Ob ich das nicht weiß, das mit ihrer Mutter.

Das weiß ich nicht. Das ist es also. Es tut mir leid. Be tut mir leid. Ich hätte nicht gedacht, daß der Tod ihrer Mutter sie umwirft. Be hatte nie ein besonderes Verhältnis zu ihrer Mutter. Sie hat einmal in der Woche mit ihr telefoniert, aber nur, um sie sich vom Leib zu halten. Damit die nicht auf die Idee kommt, bei ihr anzurufen oder sie zu besuchen.

Be ist im Grunde eine vorbildliche Tochter. Bis auf das eine Mal, als sie abgehauen war von zu Hause, hat sie ihren Eltern nie Ärger gemacht. Sie ruft jeden Sonntag ihre Mutter an und erzählt ihr Lügengeschichten, an die sie sogar selber glaubt. Während Be mit ihrer Mutter telefoniert, immer nur mit ihrer Mutter, nie mit ihrem Vater, glaubt sie daran, eine artige Tochter zu sein mit einer hoffnungsvollen Zukunft, auf die ihre Eltern stolz sein können.

Ich bestreite nicht, daß Be eine hoffnungsvolle Zukunft haben wird, aber bestimmt nicht so eine, wie ihre Mutter sie sich vorstellt. Bes Mutter glaubt nämlich, daß Be eine Schule für Fremdsprachen besucht und daß sie dort nur die besten Noten bekommt und eine hoffnungsvolle Zukunft als Fremdsprachen-Korrespondentin im Wirtschaftsbereich haben wird.

Wenn ihr Vater ans Telefon geht, wechselt sie keine drei Worte mit ihm, und er gibt sie sofort an die Mutter weiter. Das ist nicht, weil sie ein schlechtes Verhältnis haben. Sie haben gar keines und deshalb keine Übung darin, miteinander zu sprechen, und damit das nicht peinlich wird, gibt der Vater sie gleich an die Mutter weiter. Das hat auch nichts damit zu tun, daß er sie damals geschlagen hat. Im Gegenteil, das hätte ein Anfang sein können. Ist es aber nicht, weil Be zu der Zeit nicht mit ihren Eltern gesprochen hat. Auch nicht mit ihrer Mutter. Einen Monat lang oder zwei. Danach war alles wieder wie vorher. Be hat zwei Monate lang gegen ihre Eltern rebelliert. Den Rest ihres Lebens war sie ihnen eine brave Tochter, und das ist sie noch heute.

Ich glaube, Be spricht nicht mit ihrem Vater, weil er ihr so ähnlich ist. Da ist ihr die Mutter näher, die ganz anders ist als sie, und deshalb fällt es ihr viel leichter, der Mutter etwas vorzumachen als dem Vater.

Deshalb wundert es mich, daß Be umgeworfen wurde vom Tod ihrer Mutter. Wenn ich Be nicht selbst gesehen hätte, würde ich glauben, daß sie den Tod ihrer Mutter vorschiebt, um zu Karl zurückzugehen, aber ich kenne Be, und diesmal ist ihre Verzweiflung echt. Andererseits ist alles, was mit Be passiert, auch wenn es noch so schrecklich oder unglücklich ist, ihr doch immer in irgendeiner Weise von Vorteil. Und trotzdem muß ich das schlechte Gewissen haben, daß ich Be derart hart rannehme, obwohl ihre Mutter gestorben ist und sie ganz andere Sorgen hat und Schonung verdient und die ganze Zuwendung ihrer Freunde, auch wenn ich nichts davon wußte.

Sie ist zu mir gekommen, um mir das Schreckliche zu erzählen, und ich habe sie mit meinem kleinlichen Ärger überfahren.

Bes Schmerz hat Größe, und ich blamier' mich mit meiner kleinlichen Wut.

Pit sagt, Bes Eltern hatten einen Autounfall. Die Mutter war sofort tot, und der Vater hat schwerverletzt überlebt. Das ist schrecklich. Ich merke, wie es an meinen Mundwinkeln reißt, und ich kann mich nicht mehr halten, und das Lachen bricht aus mir heraus. Weil das so entsetzlich ist und allen Ernst fordert, den man aufbringen kann, muß ich lachen. Pit hat schon bei dem letzten Satz angefangen zu grinsen. Ich habe gesehen, wie sie sich zusammengenommen hat, aber es ist ihr nicht gelungen. Bei dem Wort *schwerverletzt* mußte sie grinsen, und jetzt kann sie sich auch nicht mehr halten.

Ist das entsetzlich, sage ich unter Tränen, vor Lachen, mir tut alles weh. Ja, wirklich, sagt Pit und kann kaum sprechen vor Lachen.

Das Essen kommt und wir sagen nichts mehr, schauen uns auch nicht mehr an, nur noch unsere Teller, und konzentrieren uns auf das Essen. Während des ganzen Essens sprechen wir kein Wort. Die Suppe schmeckt gut. Ich gebe mir Mühe zu essen, ohne dabei Geräusche zu machen, was gar nicht so einfach ist, wenn man eine Nudelsuppe mit Stäbchen ißt.

Ich denke an Be, die vielleicht keine Eltern mehr haben wird, niemanden, den sie belügen und dem sie ein Leben als Fremdsprachenkorrespondentin vormachen muß. Ich denke, das muß doch eine Riesenerleichterung sein, aber vielleicht ist das ein Halt für Be, weil sie selber daran glaubt, daß sie ihren Eltern eine gute Tochter ist und daß sie ein bürgerliches Leben lebt, in der Vorstellung ihrer Eltern. Und dann ist es wahrscheinlich so wie für alle, die ihre Eltern verlieren und plötzlich mutterseelenallein dastehen, auch wenn sie ihre Eltern jahrelang nicht mehr gesehen haben und gar nicht mehr wußten, daß es die noch gibt. Solange es die Eltern gibt, braucht man sie nicht. Erst wenn sie nicht mehr da sind, fehlen sie. Nicht wirklich, mehr so ein Gefühl, keine Mutter mehr zu haben, keinen, der sich verläßlich um einen sorgt und kümmert, ob man das will oder nicht.

Darüber reden wir eine ganze Weile, ohne zu lachen, wir sind jetzt ganz ernst. Pit hat auch noch Eltern, wie ich, außerdem einen Bruder, und ich habe eine Schwester, aber meine Schwester ist mir keine Hilfe. Komisch muß das sein, wenn man als einziger von einer Familie übrigbleibt. Be hat keine Geschwister. Aber sie hat ihre Kinder, immerhin.

Pit bezahlt das Essen, und wir gehen hinaus. Ich will mich verabschieden, aber sie lädt mich noch zu einem Nachtisch zu sich nach Hause ein. Sie sagt, sie hat eine Orangencreme gemacht, die ist ihr zum ersten Mal gelungen, davon muß ich probieren, wo sie doch für mich gekocht hat, und ich habe nichts davon gegessen. Sonst würde ich am Ende noch glauben, sie könnte gar nicht kochen und das mit Peter wäre nur ein Trick.

Ich gehe mit. Es ist noch nicht spät und eine wunderschöne klare Nacht. Pit schließt die Tür auf und nimmt mir die Jacke ab. Die Wohnung ist groß, es gehen viele Türen ab. Pit nimmt mich wieder bei der Hand und führt mich den Gang entlang in ein Zimmer. Darin steht ein langer Holztisch, der ist gedeckt für zwei Personen, und von einem Teller wurde gegessen. Ein Fernseher ist zu hören. Pit läßt meine Hand nicht los und geht mit mir hinaus und dem Fernsehgeräusch hinterher. In dem Zimmer steht ein riesiger Fernseher und ein großes Sofa. Auf dem Sofa liegt Peter, und im Fernseher läuft Fußball. Pit schaut mich an, und ich muß lachen, weil er uns nicht gehört hat und wir ihn auf dem Sofa überrascht haben. Ich glaube, er war eingeschlafen. Ich setze mich zu ihm aufs Sofa. Peter schimpft mit Pit, und die geht in die Küche, die Orangencreme holen. Peter sagt, er hätte mit dem Nachtisch auf sie gewartet.

Peter entschuldigt sich bei mir. Er sagt, er wollte mir nicht den Abend verderben. Er wollte sich nicht zum Essen aufdrängen, er wollte nur kurz mit mir sprechen. Weil ich ihm die Tür vor der Nase zugeschlagen habe, dachte er, ich wäre ihm böse, und deshalb wollte er das richtigstellen. Ich sage, ich bin ihm nicht böse, ich war nur verschlafen und dachte, er wäre jemand anderes, nur deshalb habe ich die Tür aufgemacht. Ich war verschlafen und wollte in diesem Zustand nicht mit ihm sprechen. Das ist alles. Ich bin ihm nicht böse, wieso auch. Er sagt, weil er damals, nach unserem Abend, er sagt tatsächlich UNSER Abend, nichts mehr von sich hören gelassen hat. Ich will nicht darüber sprechen, jetzt, wo ich das schon fast vergessen habe, fängt er davon an. Ich sage ihm, daß es mir peinlich ist, daß ich mich an den Abend (UNSEREN Abend) nur teilweise erinnern kann und nicht weiß, wie ich nach Hause gekommen bin und ihn nicht mehr wiedersehen wollte, aus Angst, ich könnte mich danebenbenommen haben. Deshalb war es mir nur recht, daß ich ihn nicht mehr gesehen habe, und ich dachte, daß er sich auch deshalb nicht gemeldet hätte. Das findet er sehr lustig.

Um Peinlichkeiten zu umgehen, muß man sie aussprechen. Sobald man darüber spricht, ist nichts mehr peinlich. So einfach ist das. Wenn man zum Beispiel einen Furz läßt und alle Leute wissen, daß man es gewesen ist, und man tut so, als wäre man es nicht gewesen, ist das peinlich. Sie werden noch Jahre danach jedem erzählen: Augusta hat einen Furz gelassen und so getan, als wäre nichts gewesen, obwohl wir alle wußten, daß nur sie es gewesen sein konnte.

Wenn man dagegen einen Furz läßt und im gleichen Moment sagt, oh mein Gott, ich habe einen Furz gelassen, das mache ich sonst nie, ist das peinlich, dann lachen alle, und nichts ist mehr peinlich. Das Peinliche ist nur peinlich, wenn man es verheimlicht.

Aber Peter sagt, nichts war peinlich, und es wäre ein besonders schöner Abend gewesen, und er hätte ein schlechtes Gewissen gehabt, weil er mich zum Schnapstrinken überredet hatte.

Pit kommt zurück mit dem Nachtisch und einer Flasche Wein. Die Orangencreme schmeckt sehr gut. Von dem Wein trinke ich nichts, weil ich nüchtern bleiben will. Wir reden über dies und das. Ich sitze zwischen Pit und Peter auf dem Sofa. Der Fernseher läuft immer noch, aber ohne Ton. Es ist nett, aber ein bißchen steif. Manchmal entstehen Pausen, die sind ein bißchen zu lang, und dann schauen wir alle auf den Fernseher ohne Ton, obwohl es nichts zu sehen gibt. Inzwischen läuft irgendein Ballett. Ich könnte mich auch locker trinken, aber das will ich nicht. Ich will diesmal den Abend im Griff haben und alleine nach Hause finden. Das Telefon klingelt, und Pit geht hinaus und kommt eine Ewigkeit nicht mehr zurück. Peter und ich sitzen nebeneinander auf dem Sofa. Ich kratze in meinem leeren Schälchen herum, und wir schauen auf den stummen Fernseher. Pit kommt zurück und sagt, daß Be angerufen hat und vorbeikommen will. Das macht mir schlechte Laune, deshalb kann ich es mir nicht verkneifen zu fragen, ob alles wieder gut ist. Das ist boshaft, weil natürlich nicht alles wieder gut ist, wenn man gerade seine Eltern verloren hat. Pit wird ganz ernst und schaut mich an. Aber sie bleibt freundlich und sagt, Be geht es besser. Es tut mir leid, daß ich das gesagt habe, weil ich Pit gerne mag und weil dieser Abend mit ihr ganz besonders war.

Ich will mir den Abend nicht verderben lassen und sage, ich muß gehen, weil ich noch die U-Bahn erwischen muß. Pit fragt, ob ich wegen Be gehe. Ich sage nein, nur wegen der U-Bahn. Peter sagt, er fährt mich selbstverständlich nach Hause. Ich sage, ich muß trotzdem gehen, und er sagt, er fährt mich trotzdem nach Hause. Wir verabschieden uns, ich bedanke mich für den netten Abend und das gute Essen, und wir gehen.

Im Auto fragt mich Peter, ob ich wirklich nach Hause will, oder ob wir noch was trinken.

Ich sage, ich bin doch nicht den ganzen Abend nüchtern geblieben, um mich jetzt vollaufen zu lassen. Ich lade ihn ein, mit zu mir zu kommen. Da habe ich das Problem mit dem Nachhausekommen nicht und kann mich in mein Bett legen, sobald ich betrunken bin.

Peter lacht und sagt, er muß nicht immer trinken. Das sieht so aus, als könnte ich mir keinen Abend mit ihm vorstellen, ohne daß wir uns betrinken. So muß das nicht sein.

Wir holen trotzdem noch ein paar Flaschen Bier an der Tankstelle.

Wir sitzen auf meinem Bett vor dem Fernseher und trinken Bier. Es läuft ein lustiger Film mit Steve Martin, den ich schon einmal gesehen habe, mir aber gerne noch mal anschaue. Man ist ja schon dankbar dafür, wenn überhaupt etwas kommt, das man sich anschauen kann. Peter hat den Film auch schon gesehen, kann sich aber kaum mehr erinnern, sagt er. Obwohl außer mir sonst niemand Steve Martin leiden kann, hat er nichts dagegen, den Film noch einmal anzuschauen.

Peter ist eingeschlafen, und ich schaue weiter in den Fernseher. Da kommt ein Werbespot irgendeiner Kosmetikfirma mit dem Slogan: *Act, don't react.*

Das, was ich aus siebenundzwanzig Jahren als Erkenntnis für mein Leben herausgefiltert habe, läuft als Werbeslogan für ein Shampoo.

Das Leben ist banal. Mein Leben ist banal. Ich bin banal.

Das gibt mir noch eine Weile zu denken, obwohl mir gar nicht danach ist.

Da verbringt man den Abend vor dem Fernseher, um nicht denken zu müssen, und jetzt stellt ein Werbespot mein ganzes Leben in Frage.

Ich habe mich immer für schlau gehalten. Schlauer als die meisten. Auf jeden Fall schlauer als Be, und jetzt führt mich das Fernsehen vor. Daß mein ganzes Denken und Erfahren nicht über das Werbeprogramm hinausreicht.

Da kann ich das Denken auch bleiben lassen. Am besten, ich schalte mein Hirn aus und laufe wie Be durchs Leben. Etwas wird schon dabei herauskommen. Schlechter kann es nicht werden. Das ist eine Erkenntnis. Die einzige wirklich große Erkenntnis, die man machen kann, ist die der eigenen Unzulänglichkeit.

Mit dem Denken kommt man nicht weiter, weil sowieso schon alles von jemand anderem viel besser gedacht wurde, und nur weil man weiß, wie es richtig geht, heißt das noch lange nicht, daß man weiß, wie man es richtig macht.

Schon wieder eine banale Erkenntnis. Noch nie hat mich das Denken weitergebracht.

Das war das letzte Mal, daß ich gedacht habe.

Deshalb denke ich auch nicht mehr darüber nach, was ich mit Peter machen soll, der auf meinem Bett eingeschlafen ist. Ich lasse ihn liegen und lege eine Decke über ihn, und dann lege ich mich auch ins Bett und schlafe ein.

15

Spaß

Nachts wache ich auf. Der Mond scheint mir ins Gesicht. Hell wie eine Lampe. Ich habe schlecht geträumt. Es ging um Be, die ständig vor mir herumgesprungen ist und mich mit einer Feder gekitzelt hat. Ich fand das blöde und lästig, konnte sie aber nie erwischen, um ihr die Feder wegzunehmen.

Ich weiß nicht, ob ich davon aufgewacht bin oder von dem Licht. Ich weiß nur, daß ich das schon einmal erlebt habe. Es ist still. Nichts ist zu hören. Auch kein Geschrei. Nur ein leises Atmen. Das kommt von Peter, der neben mir auf dem Bett liegt. Angezogen unter einer Wolldecke, so wie er eingeschlafen ist. Das ist gut, jemanden neben sich liegen zu haben. Ich wußte schon gar nicht mehr, wie gut das ist. Nachts aufzuwachen und dabei nicht alleine zu sein. Ich denke mir, ich sollte mich darum kümmern, jemanden zu haben, der immer neben mir schläft.

Am Morgen ist er weg. Morgens alleine aufzuwachen, ist in Ordnung. Nur nachts soll man nicht alleine sein. Trotzdem ist das nicht richtig, sich ohne einen Gruß zu verabschieden. Aber darüber denke ich nicht nach, weil ich nicht mehr denken will. Ich nehme die Dinge so, wie sie sind, und das ist gut so. Man kann sowieso nichts daran ändern.

Ich stehe auf und ziehe mich an. Es klingelt, und Peter steht vor der Tür mit frischen Semmeln. Wir frühstücken zusammen. Ich erzähle ihm von meinem Traum und von der Nacht damals, als ich aufgewacht bin und Be auf der Straße herumschrie. Wie es danach so still war. Beängstigend. Daß ich gerne jemanden hätte, der nachts neben mir liegt und leise atmet. Damit es nachts nicht mehr so still ist, wenn ich aufwache.

Er sagt, ihm geht das auch manchmal so, aber oft ist er auch froh, wenn er morgens alleine aufwacht. Ja, genau, sage ich. Er sagt, er dachte, es wäre mir vielleicht nicht recht gewesen, ihn wiederzusehen, weil ich nicht alleine war. Er ist froh, daß das nicht so ist.

Wir tauschen unsere Telefonnummern aus und versprechen uns anzurufen und zu einem Abend zu verabreden, an dem nicht einer von uns betrunken umfällt oder vor dem Fernseher einschläft. Dann geht er, und ich setze mich an den Schreibtisch.

Ich kann mich nicht konzentrieren, weil ich an Be denken muß.

Ich überlege hin und her, wie das jetzt ist, ob ich Be eine gute Freundin sein muß und meinen Ärger wegschiebe, bis Be wieder auf den Beinen ist, oder ob ich konsequent sein soll.

Weil mich das Denken nicht weiterbringt, sollte ich tun, was mein Herz mir rät, und das sagt, wenn deine Freundin dich braucht, mußt du hin. Und wenn ich es mir recht überlege, weiß ich gar nicht mehr so richtig, warum nicht.

Aber wenn es ihr dann wieder gut geht, wird sie über mich triumphieren, keine Gelegenheit auslassen, um mich zum Deppen zu machen. Also muß es eine Gelegenheit geben, Be gleichzeitig zu helfen und zu triumphieren und ihr keine Gelegenheit zu geben, mich zum Deppen zu machen. Das heißt, ich muß meine Position sichern und stärken, daß Be nichts mehr daran umschmeißen kann.

Ich will Be helfen, ohne mir dabei zu schaden.

Wenn es mir schlecht gehen würde, wäre Be sofort da, und sie würde sich keine Gedanken darüber machen, in welche Lage sie sich damit begibt. Aber das ist bei ihr etwas anderes, weil Be das immer im Kopf hat, die muß gar nicht daran denken, weil sie unbewußt alles so lenkt, daß es ihr zum Vorteil ist. Dafür muß sogar ihre Mutter sterben. Und ich bin mir sicher, daß der Tod ihrer Mutter ein größerer Nutzen ist als ein Nachteil, weil sie mit ihrer Mutter sowieso nichts anfangen konnte und wegen ihr lügen mußte und sich selbst was vormachen, während er ihr auf der anderen Seite Karl zurückbringt und mich, ihre beste Freundin, und ihr Leben wieder in Ordnung bringt, weil sie gezwungen wird nachzudenken, und der Wahrheit ins Auge sehen muß.

Ich gehe zu Be hinunter, und Karl macht mir die Tür auf. Damit habe ich nicht gerechnet. Obwohl ich weiß, daß Be bei Karl ist, dachte ich mir, entweder macht Be die Tür auf oder keiner. Er sagt, komm rein, Be liegt im Bett, und geht in die Küche.

Be liegt im Bett, vor dem Fernseher, und heult. Ich setze mich zu ihr aufs Bett und sie heult: *Mein Gott, ist das traurig.* Sie meint den Fernseher, das heißt, den Film, der darin läuft. Ein Film von Douglas Sirk, *Solange es noch Menschen gibt,* heißt die deutsche Übersetzung. Ich habe den Film schon hundertmal gesehen. Be auch. Es ist die Geschichte einer blonden Schauspielerin, Lana Turner, die eine kleine Tochter hat, und die lernt eine schwarze Frau kennen, die heißt Annie, die auch eine kleine Tochter hat, die so alt ist wie die Tochter der Schauspielerin und gar nicht schwarz aussieht.

Annie hat keine Wohnung, und sie bietet der Schauspielerin an, für sie als Haushälterin zu arbeiten. Die sträubt sich erst, weil sie noch am Anfang ihrer Karriere ist und kein Geld hat, um eine Haushälterin zu bezahlen. Aber Annie läßt nicht locker und will auch kein Geld, nur ein Bett für sich und ihre Tochter Sarah Jane, und schließlich gibt Lana Turner nach, und die Frau zieht mit ihrer Tochter ein und ist ihr eine echte Hilfe, und mit dieser Hilfe wird die Schauspielerin immer berühmter und reicher und macht Karriere, und sie ziehen in ein großes Haus, und sie lernt einen Mann kennen, aber ihre Karriere ist ihr wichtiger, und die Töchter wachsen zusammen auf und sind schon junge Damen, und Annie macht unermüdlich und fleißig ihre Arbeit. Die Tochter von Lana Turner verliebt sich in den Mann, der ihre Mutter liebt, den die aber wegen ihrer Karriere nicht heiraten will, und leidet darunter, daß ihre Mutter nie Zeit für sie hat. Die Tochter von Annie wird aufsässig, beginnt mit Heimlichkeiten, trifft sich mit Jungs und gibt sich als Weiße aus. Ihr Freund findet heraus, wer ihre Mutter ist und daß sie schwarz ist, und verläßt sie und schlägt sie. Deshalb läuft Sarah Jane weg in die Stadt und tanzt in einem Club. Sie will Tänzerin werden. Ihre Mutter ist verzweifelt und wird krank vor Sorge und Kummer um ihr einziges Kind. Sie schafft die Arbeit kaum mehr. Sie ist alt und hat ihr Leben lang gearbeitet für ihr Kind, und jetzt kann sie nicht mehr. Alle machen sich Sorgen um sie. Die alte schwarze Frau macht sich auf, ihre Tochter zu suchen, um sich von ihr zu verabschieden. Sie denkt, sie arbeitet als Verkäuferin, weil sie ihr manchmal schreibt und Geld schickt. Sie findet sie in einem Club, wo sie leicht bekleidet tanzt. Sie kommt in ihre Garderobe. – Die Szene läuft gerade, die ist die traurigste in dem ganzen Film.

Sarah Jane erschrickt, als sie ihre Mutter sieht, und schreit sie an, weil sie sie nicht in Ruhe läßt, und jetzt wieder alles auffliegt und sie sich wieder einen neuen Job suchen muß in einer anderen Stadt. Die Mutter ist ganz schwach und sanft und sagt, sie liebt sie und wird ihr nicht mehr im Weg stehen, und dann kommt eine der Tänzerinnen herein, und die Mutter tut so, als wäre sie eine Garderobenfrau und geht. Dann stirbt sie, und alle sind traurig. Sie bekommt eine Riesenbeerdigung, wie sie sich das immer gewünscht und wofür sie ihr Leben lang gearbeitet und gespart hat, und dann kommt die Tochter und schmeißt sich auf den Sarg und heult und schreit, aber da ist es zu spät.

Ein durch und durch großartiger Film über das Leben und das Sterben und das Lügen im Leben.

Der Film heißt im Originaltitel *Imitation of Life*, und das ist deshalb treffend, weil sich alle Menschen in diesem Film etwas vormachen. Die Tochter will weiß sein, weil es Weiße besser haben, Annie will eine bombastische Beerdigung, danit sie nach ihrem Tod eine Bedeutung bekommt, die sie zu Lebzeiten nie hatte, und die Schauspielerin will Karriere machen. Alle wollen gut dastehen, und keiner kriegt wirklich etwas vom anderen und dessen Leben und Wünschen mit. Alle meinen es gut und leben aneinander vorbei, weil sie über sich selbst nicht hinausschauen können.

Be und ich lieben die Filme von Douglas Sirk. Be hat alle Filme auf Video, und wir haben viele Abende zusammen verbracht, uns diese Filme anzusehen. In einem Douglas Sirk-Film ist alles drin, was in einem Film drin sein muß. Der macht Filme über die Menschen und die Unmöglichkeit zusammenzukommen. Da begreift man was über die Welt und was sie macht mit einem. Über die Unmöglichkeit, im Leben das Richtige zu machen und glücklich zu werden. Auch wenn man glaubt zu wissen, wie das geht. Auch wenn man glaubt, man wäre glücklich. Der Wahnsinn ist die einzige Hoffnung bei Sirk.

Ich heule mit, weil es gerade paßt. Be sagt beim Heulen, *meine Mutter ist tot*, und ich sage, *ich weiß*, dann heult sie wieder weiter. Sie heult den ganzen Film durch und am Ende, bei der Beerdigung noch mal besonders. Als sich Sarah Jane auf den Sarg schmeißt. Sie trocknet sich das Gesicht ab und sagt, das ist besser, über andere zu heulen, als über das eigene Unglück. Wenn man über etwas heult, was es gar nicht wirklich gibt, wie über die Menschen und ihr Unglück in einem Film, gibt es einem das Gefühl, als würde es das eigene Unglück auch nicht wirklich geben, wenn der Film vorbei ist, und Tränen hat man dann auch keine mehr.

Karl kommt herein und bringt Tee und Rosinenschnecken und eine Packung Taschentücher. Das ist wie früher. Ich bin fast froh, daß Bes Mutter gestorben ist und damit die Welt wieder in Ordnung gebracht hat. Das war wahrscheinlich das Beste, was sie für ihre Tochter tun konnte.

Be fragt mich, ob ich ihr noch böse bin. Das zeigt, daß es ihr schon wieder besser geht, wenn sie mir so eine hinterhältige Frage stellt, ob ich ihr wegen irgendeinem Scheiß böse bin, während sie ihre Mutter verloren hat und einen großen tragischen Schmerz lebt. Sie kann es nicht lassen und muß es mir unter die Nase reiben. Ich wußte es. Be ist schon wieder auf den Beinen.

Entschuldige, sagt sie, das war alles zuviel in letzter Zeit, daß ich dich da reingezogen habe. Ich sage, Moment mal. Deine Mutter ist gestorben, nicht meine, und ich bin hier, um dich zu trösten und um dir zu sagen, daß ich da bin.

Be sagt, ihr Vater ist außer Lebensgefahr. Sie weiß nicht, ob sie froh darüber ist oder ob es besser gewesen wäre, wenn er auch tot ist. Sie sagt, tote Eltern sind etwas Abstraktes, weil sie nicht mehr da sind. Damit kann man leben. Aber ein schwerverletzter Vater, womöglich ohne Beine, der sein Leben nicht mehr glücklich wird und sich Vorwürfe macht, weil seine Frau gestorben ist, das ist die Hölle. Sie sagt, da kann sie nicht hinfahren. Sie erträgt es nicht, weil sie nicht weiß, wie sie mit ihrem Vater reden soll. Wo sie schon im normalen Leben nicht reden können, was sollen sie über etwas reden, wofür es keine Worte gibt.

Ich biete ihr an mitzukommen, aber sie will nicht zu ihrem Vater fahren. Sie sagt, Karl würde auch mitkommen, aber sie hat noch nie mit ihrem Vater gesprochen, und jetzt wird sie es auch nicht tun. Sie will nicht einmal zur Beerdigung fahren. Sie will nicht mehr darüber reden. Sie sagt, sie ist froh, daß ich gekommen bin, und ich bin auch froh, daß Be wieder so ist, wie ich sie kenne.

Be weint noch ein bißchen, und ich esse meine Rosinenschnecke und trinke Tee. Dann fragt sie mich nach meinem Abend mit Pit, Pit hätte ihr erzählt, wir hätten einen schönen Abend zusammen verbracht. Ich esse auch noch Bes Rosinenschnecke, weil Be nichts essen will, und sage, ja. Pit hat für mich gekocht, aber dann sind wir zum Chinesen gegangen, weil ihr Bruder bei ihr in der Wohnung saß und nicht gehen wollte.

Ich habe keine Lust, mit Be über Pit und unseren Abend zu sprechen, und ich bin mir sicher, daß Pit ihr schon alles erzählt hat, was sie wissen wollte. Aber Be gibt keine Ruhe, die will es ganz genau wissen. Warum mich Pit eingeladen hat, wo wir uns getroffen haben, was mit Peter ist. Sie bohrt und bohrt, und mir ist das unangenehm, dann komme ich erst auf den Gedanken, daß Be eifersüchtig ist. Das amüsiert mich. Ich frage sie, ob sie eifersüchtig ist. Pit hätte mir erzählt, daß es aus ist und daß Be zu Karl zurückgegangen sei, was genauso ist, wie ich sehe. Ob sie was dagegen hätte, wenn ich mich mit Pit treffe. Das stimmt natürlich so nicht, aber ich kann es nicht lassen, Be zu ärgern und ihr das zu sagen, was sie hören will.

Be tobt. Nichts wäre aus. Sie wäre zu Karl gegangen, weil Karl ihr bester Freund ist und ihr in dieser Situation näher gestanden hätte als irgendwer sonst, und ihre beste Freundin, damit meint sie mich, hätte sie verlassen, da wäre Karl der einzige gewesen, den sie gehabt hätte. Daß sie jetzt bei Karl ist, hat nichts zu bedeuten und sagt nichts über ihr Verhältnis zu Pit und ihre Liebe. Sie liebt Pit, und ich soll mich da raushalten. Das wäre wieder typisch. Ihre Eltern sterben, sie hätte die schlimmste Zeit überhaupt, und alles, was ich mache, ist, ihr meine Freundschaft zu entziehen und ihre Schwäche dazu zu nutzen, mich an ihre Freundin ranzumachen.

Ich begreife langsam. Ich sage, nicht ich hätte mich an ihre Freundin rangemacht, sondern die hätte sich an mich rangemacht. Ich will mich nicht ärgern und will mich nicht mit Be streiten, deshalb wechsle ich das Thema. Mir fällt nichts ein, worüber wir sonst noch reden könnten und was der tragischen Lage angemessen ist, das heißt, etwas, das aufmuntert, aber den Schmerz respektiert. Das ist sehr schwer. Ich habe keine Erfahrung mit Todesfällen. Wir sitzen noch ein bißchen schweigend herum, und dann gehe ich nach oben. Ich sage Be, sie kann immer zu mir kommen, wann immer ihr danach ist. Be nickt mich dankbar an, sie fängt schon wieder an zu heulen und drückt meine Hand. Sie sagt, sie ist froh, daß ich da bin. Ich will mich noch von Karl verabschieden, aber der ist nicht zu sehen.

Ich bin sehr erleichtert, daß ich das hinter mich gebracht habe, und ich denke, es war das Richtige, und ich bin auch froh, daß Be mich braucht. Be wird sich nie wirklich ändern, auch wenn das so aussieht, aber das ist gut so. Ich will das gar nicht. Ich meine, ich kann wirklich froh sein, so jemanden wie Be zu haben, die sich reinschmeißt ins Leben, ohne einen Gedanken, und ich kann ihr dabei zusehen und daran teilnehmen und habe davon nur den Nutzen, nie den Schaden, und weil Be alles ausprobiert, weiß ich am Ende, was geht und was nicht, ohne eine einzige Schramme abzukriegen.

Obwohl das nicht stimmt, wenn ich an die letzten Wochen denke, dann bin ich diejenige, die alles abgekriegt hat, und wäre nicht Bes Mutter gestorben, wäre ich die einzige, die unglücklich und alleine ist. Das muß sich ändern. Ich bin nicht unglücklich, aber glücklich bin ich auch nicht. Ich bin alleine, und ich weiß, daß ich daran etwas ändern muß, weil es mich auf Dauer nicht glücklich macht, auch wenn ich mir das einrede, daß ich es gar nicht anders will.

Das stimmt nicht. Ich habe es satt, alleine zu sein. Und wenn ich aus dieser ganzen Geschichte zwischen Be und Pit nicht als Blöde herausgehen will, die sich den Arsch aufreißt und verarscht und benutzt wird, damit die beiden miteinander glücklich werden, muß ich die Situation für mich nutzen und den einzigen Vorteil, der für mich entstehen könnte, wahrnehmen, nämlich die Bekanntschaft eines Mannes, der, zumindest sieht es so aus, auch an mir interessiert ist und der mir, wenn ich ehrlich bin, über die Maßen gut gefällt, was ich bis jetzt nicht zugeben wollte und deshalb gar nicht richtig wahrgenommen habe, weil ich mich nicht in etwas verwickeln wollte, das am Ende doch zu nichts führt und mich nur unglücklich machen könnte.

Dann könnte ich einen Freund haben und zwei Freundinnen, und wir hätten eine Menge Spaß und viel zu lachen, bis an unser Lebensende. Das wäre mal schön.

ENDE